COLLECTION
FOLIO ACTUEL

Jean-Marie Chevalier
Michel Derdevet
Patrice Geoffron

L'avenir énergétique : cartes sur table

Gallimard

Dans la même collection

Jean-Marie Chevalier,
LES GRANDES BATAILLES DE L'ÉNERGIE.
Petit traité d'une économie violente, *n° 111.*

Jean-Marie Chevalier est professeur d'économie au Centre de Géopolitique de l'Énergie et des Matières Premières (CGEMP) de l'université Paris-Dauphine. Il est également Senior Associé au Cambridge Energy Research Associates (IHS-CERA). Il a récemment publié *Les 100 mots de l'énergie* (PUF, coll. Que sais-je ?).

Michel Derdevet, lauréat de la faculté de droit de Montpellier et diplômé d'HEC, est maître de conférences à l'Institut d'Études Politiques de Paris, où il est responsable du cours « Europe et Entreprises ». Il est notamment l'auteur de *L'Europe en panne d'énergie. Pour une politique énergétique commune* (Descartes & Cie).

Patrice Geoffron est professeur d'économie à l'université Paris-Dauphine, où il dirige le Centre de Géopolitique de l'Énergie et des Matières Premières (CGEMP). Il a récemment supervisé, avec Jean-Marie Chevalier, la publication des *Nouveaux défis de l'énergie. Climat, économie, géopolitique* (Economica).

Préambule

L'ÉNERGIE DE RETOUR À L'AGENDA POLITIQUE

Depuis dix ans les politiques énergétiques ont été placées sous les projecteurs, avant de se voir, tout récemment, mettre « en examen » : parce que le prix du pétrole s'est envolé, parce que la menace du réchauffement climatique s'amplifie et, dernier coup de boutoir, parce que la catastrophe de Fukushima a ébranlé ce qui restait de certitudes.

Nous savons maintenant qu'une révolution sera nécessaire, dans les décennies qui viennent, pour faire naître des systèmes énergétiques sobres en carbone. Mais rebattre les cartes énergétiques sera une entreprise ardue, car il faudra trouver des réponses audacieuses à des contraintes mondiales (l'équation climatique, les tensions géopolitiques sur les ressources énergétiques), européennes (la construction d'un marché commun de l'énergie), nationales (la sécurité des approvisionnements et des dispositifs industriels), et même locales (l'ancrage dans le territoire d'innovations énergétiques).

La France ne sera pas exonérée de cet impitoyable cahier des charges et, rompant avec notre tradition politique, il faudra demain admettre que nous ne vivons plus sur un îlot de paix énergétique, protégés des fracas du monde. Toutefois, notre ouvrage se veut porteur d'un autre message : la révolution énergétique qui s'annonce créera un vaste champ d'opportunités pour les entreprises françaises, au cœur d'une Europe qui concentre les plus formidables savoir-faire dans ce domaine.

L'objectif de notre travail est de fournir des clés pour la compréhension des grands bouleversements à venir afin, en particulier, que le citoyen-consommateur appréhende lucidement les choix qui se présentent à lui. Lever une partie du voile sur la future révolution énergétique est un exercice nécessaire, mais dont l'exigence est à la mesure des enjeux : la complexité et l'incertitude en sont les traits dominants.

Complexité car la sphère énergétique met en présence des filières multiples (fossiles, nucléaire, renouvelables), à la fois complémentaires et concurrentes, qui verront leurs trajectoires accélérées ou perturbées par de nombreuses innovations. Complexité également dans la nécessaire transformation de nos villes (et de nos vies…), au-delà des considérations purement liées à la production d'énergie, puisque nos modes de transport et notre habitat seront des nœuds de tensions dans ces grands changements.

Incertitude car l'indétermination est de règle dans toute révolution technologique et industrielle. Le monde énergétique restera géopolitique et, comme hier, des conflits seront à craindre. Un accord mondial sur le climat, après les déceptions de Copenhague en 2009, de Cancún en 2010 et de Durban fin 2011, sera difficile à mettre en place. De nouveaux marchés et de nouveaux acteurs industriels apparaîtront, proposant des solutions plus intelligentes pour la production, le transport, la consommation (ou l'économie) d'énergie, modifiant ainsi les perspectives. Le consommateur, enfin, sera un protagoniste essentiel de la révolution énergétique, en adoptant (ou non) les innovations qui lui seront proposées — tout comme il a participé activement, ces vingt dernières années, au développement d'Internet…

Notre ouvrage s'inspire des travaux de recherche et des débats conduits dans le cadre du Centre de Géopolitique de l'Énergie et des Matières Premières (CGEMP) de l'université Paris-Dauphine. Nous remercions pour ces échanges fructueux nos collègues chercheurs, ainsi que les industriels de l'énergie, les responsables politiques, administratifs, associatifs, français et étrangers, qui y ont pris part[1].

1. En complément du présent essai, nous renvoyons le lecteur à quelques publications récentes de notre équipe : Jean-Marie Chevalier, *Les 100 mots de l'énergie*, PUF, coll. Que sais-je ?, 2e édition, 2011 ; Jean-Marie Chevalier et Patrice Geoffron (dir.), *Les nouveaux défis de l'énergie. Climat, économie, géopolitique*, Economica, 2011 (version anglaise : *The New Energy Crisis. Climate, Economics and Geopolitics*, Palgrave Macmillan, 2012) ; Christophe Bouneau, Michel Derdevet et Jacques Percebois, *Les réseaux électriques au cœur de la civilisation industrielle*, Timée Éditions, 2007 ; Michel Derdevet, *L'Europe en panne d'énergie. Pour une politique énergétique commune*, Descartes & Cie, 2009 ; Christian de Perthuis, *Et pour quelques degrés de plus… Changement climatique : incertitudes et choix économiques*, Pearson, coll. Les temps changent, 2e édition, 2010. Voir aussi le rapport « Énergie 2050 » du groupe de travail présidé par Jacques Percebois (janvier 2012).

Chapitre premier

RÉCONCILIER ÉNERGIE ET CLIMAT

Ces dernières années n'ont pas seulement été traversées par la crise économique la plus profonde depuis un siècle, la période a également été ponctuée par des événements majeurs et inédits dans le domaine de l'énergie : le développement rapide du gaz de schiste aux États-Unis et son interdiction en France, l'accident de la plateforme BP dans le Golfe du Mexique, les mouvements de révolte dans les pays arabes et la disparition momentanée de la production libyenne, la catastrophe de Fukushima, la décision des Allemands de sortir du nucléaire, la décision des Britanniques de révolutionner leur système énergétique... Autant d'événements qui, par leur soudaineté autant que leur portée, obligent à rouvrir le débat énergétique, avec en toile de fond la menace d'un réchauffement climatique aux effets incontrôlables.

Ce premier chapitre est destiné à poser les bases de cet indispensable débat en évoquant la menace climatique, en rappelant les fondamentaux des grandes filières énergétiques (pétrole, gaz, charbon, nucléaire et renouvelables) et en posant le cahier des charges des futures politiques énergétiques.

UN VIRUS DANS LE SYSTÈME ÉNERGÉTIQUE : LE RÉCHAUFFEMENT CLIMATIQUE

En 2010, la consommation mondiale d'énergie a augmenté de 6,5 %, un taux de croissance jamais atteint depuis 1973. Ce taux masque en fait un monde à deux vitesses : + 3,5 % pour les pays de l'OCDE, encore touchés par la crise, + 7,5 % pour le monde en développement ou en émergence. Signe des temps, c'est au cours de l'année 2010 que la Chine est devenue le premier pays consommateur d'énergie, devant les États-Unis, et le premier émetteur de gaz à effet de serre. Mais un Chinois consomme en moyenne une tonne d'équivalent pétrole par an, quand un Européen en consomme quatre tonnes, et un Américain huit. Les tensions sont ici résumées, les Américains peinant à modifier leur mode de vie, et les Chinois rêvant chacun de disposer d'une automobile…

La consommation mondiale d'énergie en 2010 s'est traduite par un pic historique des émissions de dioxyde de carbone (CO_2), le premier des gaz à effet de serre responsables du réchauffement climatique. C'est évidemment une très mauvaise nouvelle puisque la communauté scientifique internationale nous lance depuis deux décennies des avertissements de plus en plus alarmants pour que nous réduisions nos émissions[1]. Le pic de 2010 arrive avec dix ans d'avance sur les prévisions les plus pessimistes. Et le pire est encore à venir : la croissance se poursuit dans les pays émergents, et la fermeture de centrales nucléaires au Japon et en Allemagne, qui a suivi la catastrophe de Fukushima, se traduit par une montée du gaz et du charbon.

Cette augmentation des émissions de gaz à effet de serre et le réchauffement climatique sont des questions relativement nouvelles pour les économistes de l'énergie. Elles pointent une contradiction majeure entre d'une part une production de biens privés, l'énergie, et d'autre part la gestion d'un bien public indivisible qui appartient à 7 milliards d'individus, le climat. D'un côté, les énergies fossiles sont la source historique de la richesse depuis la première révolution industrielle ; d'un autre côté, la dégradation du climat pourrait se traduire par un coût très élevé pour l'économie mondiale. Sur le plan théorique, la réponse des économistes est simple : il faut faire payer aux producteurs-consommateurs les dégâts qu'ils engendrent. C'est le principe du pollueur-payeur qui consiste à « internaliser les externalités » (c'est-à-dire à infliger des conséquences monétaires aux responsables des pollutions). Une taxe carbone universelle ou un marché du CO_2 mondial pourraient être des réponses à ce phénomène global, mais on devine

1. La création du groupe des experts du climat sous l'égide de l'ONU (GIEC) remonte à 1988.

les difficultés de mise en œuvre de solutions portant une telle ambition.

Autant le phénomène du réchauffement climatique est avéré, autant ses conséquences sont incertaines quant à leur ampleur et leur impact réel dans le temps et dans l'espace. Certains territoires sont particulièrement vulnérables à la montée des eaux, à la violence des moussons et des cyclones, à la sécheresse, tandis que d'autres en seront préservés (ou tireront même certains bénéfices d'un climat plus tempéré). Il faudra dont combiner deux catégories de solutions : réduire drastiquement les émissions (en anglais *mitigation*), mais aussi, à n'en pas douter, investir pour l'adaptation aux multiples effets du réchauffement.

L'indispensable réduction des émissions...

Le principe d'une réduction progressive et volontaire des émissions de gaz à effet de serre s'inscrit, comme on le sait, dans le cadre du protocole de Kyoto signé en 1997 (et entré en vigueur en 2005). Non seulement ce protocole n'a pas été ratifié par tous (les États-Unis ne l'ont pas signé, même si certains États comme la Californie se sont mis en conformité) et ne couvre en fait que moins de 30 % des émissions ; mais en outre il prend fin en 2012, dans un contexte de tensions guère favorable à son prolongement, avec les engagements précis et contraignants qu'il impliquerait. D'un côté, les pays émergents mettent en avant la responsabilité historique des pays industrialisés et renvoient sur eux la majeure partie de l'effort de réduction des émissions, tout en appelant à des aides (techniques ou financières) pour qu'ils se placent eux-mêmes sur des trajectoires soutenables. De l'autre côté, les positions des pays les plus riches sont très dissonantes. Les États-Unis ne réagiront pas tant que la Chine et les autres grands émergents n'annonceront pas des objectifs clairs (ou tant que l'Arabie Saoudite réclamera des compensations pour les pays producteurs de pétrole). Dans le même temps, l'Europe des 27, via son « paquet énergie-climat », a fixé des objectifs ambitieux dès 2008 : les fameux « trois fois vingt pour 2020 » (3 × 20), qui consistent à réduire de 20 % les émissions de gaz à effet de serre par rapport au niveau atteint en 1990 (le texte laisse la possibilité de porter cette réduction à 30 % si les conditions internationales sont réunies), à accroître de 20 % l'efficacité énergétique, et à porter à 20 % la contribution des énergies renouvelables dans les bilans énergétiques. Ces engagements sont à la fois responsables et audacieux, mais ne bouleversent pas la donne : le poids de l'Europe dans le bilan mondial l'empêche de sauver le monde à elle seule, même si sa stratégie d'exemplarité peut avoir des effets d'en-traînement et lui permettre de développer des avantages compétitifs.

Malheureusement, les chances d'amorcer rapidement la réduction des émissions s'amenuisent à mesure que s'enchaînent (Copenhague, Cancún, Durban) les conférences mondiales infructueuses.

La croissance économique mondiale est encore intensive en carbone, et malgré les signaux envoyés par les experts du climat sur l'accélération du phénomène (notamment pour ce qui est de la fonte des glaciers de l'Arctique), le consensus peine à émerger. De sorte que la menace d'une augmentation supérieure à 2 °C est de plus en plus aiguë.

Figure 1

Impact possible du réchauffement climatique dans différents secteurs

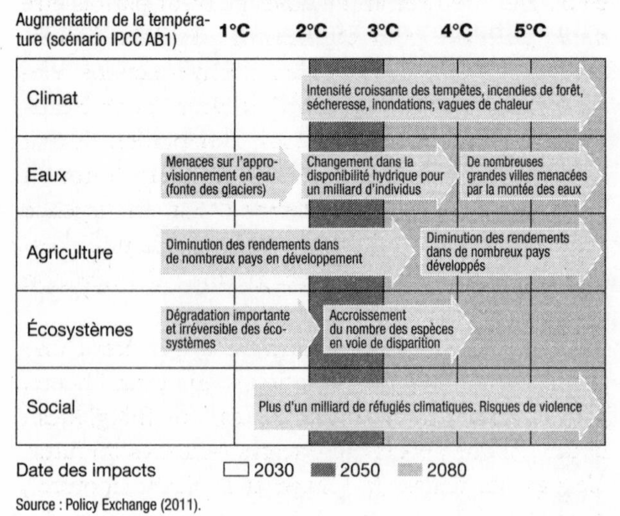

Source : Policy Exchange (2011).

… et la fatale adaptation aux effets

À défaut d'une action commune et volontariste, les nations devront s'adapter à un monde plus chaud, à mesure qu'elles seront affectées — sous des formes qui varieront extraordinairement. Des cartes géographiques de la vulnérabilité climatique ont été établies. Certains territoires, le plus souvent en bord de mer, apparaissent comme particulièrement fragiles. Pour quelques pays, parmi les plus riches, l'adaptation peut se faire, en partie par anticipation via des plans d'urgence : les Pays-Bas ont ainsi choisi de surélever leurs digues pour se prémunir contre une élévation du niveau des eaux. Des mesures immédiates peuvent parfois être mises en place pour atténuer les dégâts : déclenchement de pluies artificielles et autres actions relevant du géo-engineering. Toutefois, pour beaucoup de pays, les plus pauvres, l'adaptation devrait se réduire à une fatalité : subir de plein fouet un événement climatique extrême ; agir en urgence pour réduire et limiter les dégâts ; agir pour restaurer et reconstruire avec, parfois, l'émigration comme réponse ultime.

Le réchauffement climatique engendrera une population de réfugiés climatiques qui, pour l'heure, ont un statut indéterminé. Le cas du Bangladesh illustre ce que pourraient être ces violences du futur. Ce pays de deltas (le Gange et le Brahmapoutre), peuplé de 135 millions de personnes, est l'un des plus pauvres du monde. Ses habitants sont menacés par les caprices de l'océan au sud, la variation du régime des fleuves et la violence des moussons au nord. La seule frontière du Bangladesh est avec l'Inde, son puissant voisin. Cette frontière est aujourd'hui matérialisée par une grille métallique pour éviter l'émigration.

TOUR D'HORIZON DE L'ÉCONOMIE ET DE LA GÉOPOLITIQUE DES ÉNERGIES

Plus de 80 % de nos consommations quotidiennes d'énergie sont alimentées par le pétrole (33 %), le charbon (27 %) et le gaz naturel (21 %), les trois principales énergies fossiles qui, par définition, sont polluantes et non renouvelables. Notons que la structure du bilan énergétique français est très différente puisque le nucléaire arrive en tête avec 42 %, suivi par le pétrole (31 %) et le gaz naturel (15 %). Cette différence s'explique par le fait qu'au lendemain du premier choc pétrolier, en 1974, la France s'est lancée dans un programme nucléaire d'ampleur inégalée pour réduire sa dépendance vis-à-vis du pétrole.

Cette structure de la production et de la consommation mondiale est terriblement rigide et inerte. Ces chiffres masquent des systèmes industriels lourds, correspondant à des investissements dont la durée de vie se mesure généralement en décennies : des champs de pétrole et de gaz, des mines, des tuyaux, des tankers, des raffineries, des chaudières, des stations-service... et du côté de la demande, pour ne parler que des transports, plus d'un milliard de véhicules automobiles et des infrastructures qui sont également de grands ouvrages.

Le pétrole : en attendant le « peakoil »

Depuis les années 1970, le pétrole s'est installé comme l'énergie dominante qui assure le tiers de nos consommations d'énergie. Les scénarios disponibles tendent à montrer que cette domination pourrait se maintenir jusqu'en 2030, sous la pression de la demande des grands pays émergents. Cette place du pétrole est au cœur de la globalisation, une part croissante de la production de pétrole étant utilisée dans les transports (routier, aérien et maritime).

Ces réserves de pétrole sont encore très abondantes : le ratio réserves/production assurerait encore quarante-six ans de consommation mondiale au rythme de 2010. Un tel ratio doit être interprété avec beaucoup de précaution car il est à la fois relatif et trompeur. En 1973, au moment du premier choc pétrolier, ce ratio était de trente ans et d'aucuns n'hésitaient pas à prédire la fin de « l'or noir » à cet horizon. En fait, depuis 1973, le ratio a augmenté sous l'effet de nouvelles découvertes et de progrès techniques considérables qui permettent d'extraire dans des conditions toujours plus extrêmes. La quantité de pétrole présente dans l'écorce terrestre est par définition finie, mais la récupération du pétrole disponible dépend de très nombreux facteurs : le prix (le volume des quantités récupérables est d'autant plus élevé que le prix est élevé), le coût, l'état de la technologie... Il y aura bien un jour un pic (le « *peakoil* »), quand la production pétrolière atteindra son maximum historique, mais la date et la forme même de la courbe dépendent des nombreux facteurs technologiques évoqués ci-dessus, ainsi que de facteurs affectant la demande, comme la croissance économique et la vigueur des contraintes environnementales qui pourraient être décidées.

Autres caractéristiques, les réserves de pétrole sont encore abondantes, mais concentrées en un petit nombre de pays présentant des risques de nature géopolitique. Près de 80 % des réserves prouvées de pétrole sont entre les mains d'une quinzaine de pays à risque, dont les onze membres de l'OPEP. Ces pays sont le plus souvent marqués par un fort « nationalisme » pétrolier : ils n'accueillent pas toujours avec bienveillance les investisseurs internationaux et préfèrent confier les activités d'exploration-production à leurs propres sociétés nationales. Dans un tel contexte, un frein sur les investissements d'exploration et de développement est à craindre. L'expansion de la production pétrolière, jusqu'au pic, est ainsi tout autant un problème politico-économique que géologique, plus un problème d'investissement qu'un problème de disponibilité de la ressource...

On peut penser que les prix du pétrole, prix directeurs de toute la sphère énergétique, sont tendanciellement orientés à la hausse pour plusieurs raisons :

— De nombreux pays de l'OPEP (41 % de la production mondiale) ont besoin d'un prix relativement élevé, supérieur à 80 dollars, pour couvrir leurs besoins économiques et sociaux.

— L'augmentation de l'offre se fera dans des zones plus difficiles donc plus chères (offshore profond, sables asphaltiques, zone arctique...).

— Les investissements d'exploration-production tendent à être freinés par l'omniprésence des risques et le nationalisme pétrolier.

— Des turbulences politiques diverses sont de nature à perturber la production.

— La résolution de l'équation énergie-climat et l'aggravation du changement climatique appellent des taxes plus élevées sur les usages (la « taxe carbone »).

Autre donnée fondamentale, les marchés du pétrole sont caractérisés par la coexistence de marchés physiques et de marchés financiers, à tel point que la valeur des seconds pourrait représenter trente-cinq fois celle des premiers... La coexistence de ces marchés se traduit par une forte volatilité, indépendante de la tendance haussière.

Le gaz naturel : au cœur de la transition énergétique

L'économie mondiale du gaz naturel a été quelque peu bouleversée ces dernières années par le développement inattendu du gaz de schiste aux États-Unis. En 2007, la production locale était en déclin, contraignant les États-Unis à envisager l'importation massive de gaz naturel liquéfié. L'apparition soudaine du gaz de schiste, qui compte maintenant pour 40 % de la production américaine, a complètement modifié la donne : les États-Unis ont même repris la place de premier producteur mondial, devant la Russie, ouvrant la voie à de possibles exportations.

Avant l'arrivée du gaz de schiste aux États-Unis et ailleurs[1], le ratio mondial réserves/production était estimé à soixante ans, avec une forte concentration des réserves en Russie (25 %), en Iran (16 %) et au Qatar (15 %). Aujourd'hui, l'AIE estime qu'en tenant compte du gaz conventionnel et du gaz de schiste, ce ratio avoisinerait les deux cent cinquante ans (AIE 2011), soit plus encore que le charbon. Les perspectives ouvertes par le gaz de schiste donnent toutefois lieu à de vives polémiques. Aux États-Unis, les mesures de protection de l'environnement n'ont pas toujours été prises, à l'évidence, et son exploitation s'apparente à la ruée vers l'or... En opposition au gaz naturel conventionnel, dont la production est assurée par la pression du gisement, la production du gaz de schiste est plus émettrice de gaz à effet de serre, requiert de l'énergie et de l'eau pour la fracturation hydraulique et la production... Des

1. En dehors des États-Unis, et en fonction des données actuellement disponibles, les principaux pays concernés par la production de gaz non conventionnel seraient la Chine, la Pologne, l'Ukraine, l'Allemagne, la Grande-Bretagne... et la France (cf. 51-52).

rapports ont été commandités dans différents pays pour établir à quelles conditions l'extraction du gaz de schiste pourrait être envisagée de façon « soutenable », c'est-à-dire sans impact environnemental majeur. Les pays européens sont diversement avancés sur la voie d'une exploitation (Pologne et Allemagne notamment), la situation paraissant gelée pour l'heure en France.

Le coût de production du gaz naturel, conventionnel et non conventionnel, est relativement bas (entre 1 et 7 dollars/MBTU[1]), mais le gaz présente un inconvénient majeur par rapport au pétrole, en raison de son coût de transport : à contenu énergétique égal, le transport du gaz, par gazoduc ou méthanier, est sept à dix fois plus cher que celui du pétrole. Le financement des infrastructures de transport par gazoduc implique de stabiliser les relations entre le producteur de gaz et son client, ce qui a donné lieu en Europe et en Asie à des contrats de long terme (de l'ordre de la vingtaine d'années). Ces contrats contiennent en général une clause par laquelle l'évolution du prix du gaz est alignée sur l'évolution du prix des produits pétroliers, qui sont les concurrents du gaz naturel.

L'irruption du gaz non conventionnel vient mécaniquement perturber l'économie et la géopolitique des échanges gaziers internationaux en introduisant, au moins transitoirement, des pressions à la

1. Le MBTU (Million of British Thermal Units) mesure le contenu énergétique du gaz. 1 MBTU vaut 292,7 kWh.

baisse des prix. Mais en tendance longue, les prix du gaz devraient suivre, comme pour le pétrole, une évolution à la hausse, notamment en raison d'une demande croissante pour la production électrique, surtout si le nucléaire devait être en recul. Car le gaz dispose d'une caractéristique qui pourrait le placer au cœur de la transition énergétique en cours : son usage est bien moins nocif que celui du charbon pour la génération électrique (à la fois en termes de CO_2 émis et de polluants locaux).

Le charbon : une ressource à capturer et séquestrer

Le charbon compte pour environ 27 % des consommations énergétiques mondiales. Sa part est beaucoup plus élevée dans des pays comme la Chine, l'Afrique du Sud, l'Inde ou l'Australie. Les réserves représentent environ cent vingt années de consommation. Du point de vue du risque politique et de la sécurité des approvisionnements, les réserves de charbon sont mieux distribuées que celles de pétrole. Ainsi, 80 % des réserves sont localisées dans six pays : États-Unis (27 %), Russie (17 %), Chine (13 %), Inde (10 %), Australie (9 %) et Afrique du Sud (5 %).

La production de charbon est usuellement restreinte à des besoins locaux mais une partie croissante en est exportée. Les principaux exportateurs de charbon dit « vapeur »[1] sont l'Australie, l'Indonésie, la Russie et l'Afrique du Sud. La Chine, qui était exportatrice, est maintenant devenue importatrice, signe de son formidable besoin d'énergie. La demande mondiale croît régulièrement car le charbon permet la production d'électricité au moindre coût, avec des effets dramatiques pour le réchauffement climatique, illustrant le fait que les pollueurs ne payent pas les dégâts qu'ils engendrent. Dans l'utilisation du charbon, le recours à des techniques de capture et séquestration du carbone sous la terre (CCS, *Carbon Capture and Sequestration*) est possible, mais elles sont chères (multiplication du prix du kilowatt-heure par un facteur deux ou trois). Par ailleurs, un recours à grande échelle au CCS requerrait des gisements d'hydrocarbures épuisés en quantité (cf. chapitre IV). Des unités pilotes sont en construction mais le CCS n'émergera que si les contraintes environnementales le rendent obligatoire (ou renchérissent le prix des émissions). Même si les coûts de production du charbon sont relativement stables, les prix internationaux paraissent également orientés à la hausse, une évolution qui suit d'assez près les tendances de long terme pour le pétrole et le gaz naturel.

1. Le « charbon vapeur » est destiné à être brûlé dans une chaudière produisant de la vapeur, elle-même souvent utilisée pour produire de l'électricité. Il se distingue du « charbon à coke » qui sert dans les applications industrielles, notamment dans la sidérurgie pour transformer le minerai de fer en acier.

Le nucléaire : ni renaissance, ni extinction

Le développement de l'énergie nucléaire est marqué par une dialectique profonde entre l'espoir et la peur. Espoir d'une énergie non seulement très bon marché (tellement bon marché que des compteurs ne seraient pas nécessaires : « *too cheap to meter* ») mais également inépuisable — avec les surrégénérateurs (Génération IV) et, à terme, la fusion nucléaire (développée dans le projet ITER). Peur liée au contenu radioactif de cette industrie, à des contaminations possibles, au stockage des déchets sur de très longues périodes. L'espoir est entretenu par la croissance économique, la croissance de la demande d'énergie, la réduction des dépendances énergétiques et des émissions de gaz à effet de serre. La peur est entretenue par les accidents : Three Mile Island et Tchernobyl hier, Fukushima en 2011.

En 2010, quatre cent trente-six unités nucléaires étaient en service dans trente-cinq pays. Cinquante-six réacteurs étaient en construction, le chiffre le plus important depuis vingt-cinq ans. La part du nucléaire dans le bilan énergétique mondial était cependant modeste, à 6 %. La perspective était alors celle de la « Renaissance du nucléaire », vision entretenue par des arguments de compétitivité, de diversification, et aussi par la volonté de construire des systèmes énergétiques moins intenses en carbone. En mars 2011, la catastrophe de Fukushima n'a pas stoppé l'élan nucléaire, mais a eu pour effet de raviver au sein des opinions publiques les inquiétudes sur les risques afférents à cette industrie. La plupart des pays ayant des installations ont mis en place des procédures de révision des standards de sécurité, lançant des tests de résistance (*stress tests*) qui restent en grande partie nationaux, mais dont les résultats et les méthodes seront discutés et comparés au niveau international (ouvrant peut-être la voie, demain, à une homogénéisation des normes).

En cette circonstance, les pays nucléaires « découvrent » qu'ils seront confrontés au vieillissement de leur parc, dont la gestion se traduira par des investissements de prolongation des durées de vie, et aux exigences de sécurité d'agences dont on attend compétence, transparence et indépendance (cf. chapitre II). Enfin ces pays sont conduits à affronter les problèmes épineux du démantèlement et du stockage à long terme des déchets radioactifs. Pour l'instant, parmi les pays démocratiques, seules la Finlande et la Suède ouvrent des sites de stockage. Pour les autres, le problème reste entier ou presque.

Dans le contexte de l'après-Fukushima, le gouvernement français a pris deux décisions importantes et rationnelles : demander à l'Autorité de sûreté nucléaire (ASN) d'encadrer des tests de résistance sur l'ensemble des sites, et solliciter de la Cour des comptes un rapport sur les coûts de production de l'électricité en France, incluant les coûts de démantèlement des centrales et de stockage des déchets.

Face à la problématique nucléaire (gérer le fonctionnement du parc existant et son vieillissement, décider ou interdire la construction de nouvelles centrales...), le panorama mondial est très contrasté. Certains pays européens ont décidé de sortir du nucléaire ou de ne pas y entrer : l'Allemagne, l'Italie, la Suisse avec quelques nuances. Ces décisions étant prises, il conviendra d'examiner dans le détail leurs impacts sur le coût de l'énergie, la dépendance énergétique et le bilan carbone de ces différents pays (et de leurs voisins, avec lesquels ils échangent de l'énergie).

D'autres pays européens ne modifient pas leur cap nucléaire : la France, les Pays-Bas, la Finlande, le Royaume-Uni, la Pologne. Le cas britannique est particulièrement intéressant car il existe une volonté politique forte de construire un système énergétique plus économe en carbone, incluant du nucléaire, et recourant à des outils innovants comme un prix plancher du carbone (destiné à donner une visibilité aux investisseurs).

Hors d'Europe, la situation est moins contrastée car le développement du nucléaire est nécessaire pour répondre à la frénésie de la demande et pour assurer une diversification moins intense en carbone. L'Inde et la Chine, qui ont des bilans charbon très lourds, illustrent une telle orientation... même si la portée des engagements nucléaires y est limitée : la Chine devrait construire une trentaine d'unités nucléaires d'ici 2030, la contribution de cette filière passant ainsi de 1,5 à 3 % dans le bilan énergétique chinois, très loin derrière le charbon.

Au Japon, l'accident de Fukushima a bouleversé la problématique énergétique, laissant l'avenir nucléaire très incertain. À court et moyen termes, la fermeture des centrales se traduira par des consommations plus importantes de charbon, de gaz et de produits pétroliers, seuls substituts disponibles. La transformation de l'approvisionnement en énergie pourrait avoir des effets sur la structure même de l'industrie japonaise. Une politique énergétique est à bâtir, dans un contexte qui est aussi marqué par une dette publique égale à 210 % du PIB en 2011, contrainte qui pèsera sur les choix.

Quelle que soit la diversité de ce bilan mondial, Fukushima aura des effets négatifs sur l'économie du nucléaire. Le coût de production de l'électricité nucléaire augmentera du fait du renforcement des normes de sécurité et d'une prise en compte plus précise des coûts de démantèlement et de stockage des déchets. La « Renaissance du nucléaire » est transformée (cette filière n'aura pas un caractère universel), mais elle n'est pas brisée car certains pays restent convaincus de la rationalité du choix nucléaire.

Les énergies renouvelables : adapter les systèmes à l'intermittence

Par opposition aux filières fondées sur un stock physiquement limité, les énergies renouvelables sont basées sur des flux sans cesse disponibles, même s'ils sont irréguliers (soleil, vent, marées, fleuves...). Leur potentiel est tel qu'elles couvriraient l'ensemble des besoins énergétiques de la planète quelle que soit la population mondiale, et avec des émissions de gaz à effet de serre généralement minimes (bien que variables selon les types). Ces énergies renouvelables sont en général plus chères que les énergies fossiles, et leur exploitation dépend d'aides allouées sous différentes formes (subventions, exonérations fiscales, tarifs de rachat de l'électricité solaire ou éolienne...). Toutefois, le temps « joue » pour ces solutions : les coûts et les prix des énergies fossiles ont vocation à augmenter (a fortiori si le prix du CO_2 vient encore en renchérir l'usage), tandis que les coûts des équipements des énergies renouvelables (cellules, turbines, pales) diminueront. La compétitivité des renouvelables s'affirmera donc, même s'il faut payer temporairement une prime pour qu'elles ne soient pas mises sous l'étouffoir par les filières dominantes.

L'économie et la géopolitique des énergies renouvelables ne sont pas mondiales, mais plus fortement marquées par des déterminants locaux, de sorte que ces filières s'apprécient différemment de celles basées sur les ressources fossiles, renvoyant à des logiques profondément distinctes (même si elles sont en concurrence).

En outre, les statistiques concernant les renouvelables doivent être maniées avec précaution :

— Les données concernant les capacités installées (production d'électricité) ne sont pas directement comparables aux capacités thermiques installées, car il faut tenir compte de l'intermittence et de la disponibilité des installations. L'hydraulique, filière renouvelable mais traditionnelle, n'est pas toujours prise en compte dans les statistiques.

— Le bilan environnemental de chaque filière est variable. Pour ne donner que deux exemples, la production de maïs pour l'éthanol aux États-Unis recourt à des engrais et mobilise des espaces qui ne sont pas alloués à l'alimentation humaine ; et la construction du bilan environnemental complet des grands barrages (Assouan, les Trois-Gorges) est un exercice extrêmement complexe.

Plus fondamentalement, il ne s'agit pas seulement de substitution entre des « technologies », car les énergies renouvelables dessineront des systèmes énergétiques plus décentralisés, avec des combinaisons originales, sur un même territoire, de différentes ressources locales disponibles : biomasse, vent, solaire, géothermie, grande et petite hydraulique. Ces systèmes incluront également le traitement des déchets et des eaux usées, les réseaux de chaleur, la cogénération (installations produisant simultanément de la chaleur et de l'électricité)... Autant d'espaces potentiels d'innovations, de création d'entreprises et d'emplois (comme nous le verrons dans les chapitres IV et VI).

ESQUISSE D'UN CAHIER DES CHARGES DE LA POLITIQUE ÉNERGÉTIQUE

Préambule : les systèmes énergétiques doivent satisfaire les besoins humains… sous contrainte de soutenabilité à long terme

La complexité d'un monde globalisé et en crise économique, les menaces du changement climatique, les turbulences induites par Fukushima ou le surgissement des gaz de schiste (entre autres surprises de ces dernières années) sont autant de facteurs qui plaident pour une redéfinition des politiques énergétiques.

Posons tout d'abord que toute réflexion de politique énergétique commence par une interrogation sur la demande et son évolution possible. La consommation d'énergie n'est pas une fin en soi, elle vise à satisfaire certains besoins des hommes : pour le chauffage, la cuisson, l'éclairage, l'industrie, les besoins de mobilité, de force motrice… Depuis quelques années, le parc grandissant d'équipements divers, électroménagers et électroniques, a renforcé la dépendance des consommateurs des pays les plus riches à l'égard de l'électricité. Terrible contraste, dans le même temps 1,5 milliard d'individus n'ont pas accès à l'électricité et voient leur développement économique entravé.

Ces besoins sont satisfaits aujourd'hui à 80 % par des énergies polluantes, on le sait. Le cœur du cahier des charges de la politique énergétique passera donc par la promotion de sources moins nocives (hydraulique, biomasse, nucléaire, éolien, solaire, géothermie…), mais également par l'encouragement à des modes de consommation nécessitant beaucoup moins d'énergie. C'est la problématique de l'efficacité énergétique et de l'organisation des systèmes énergétiques. Globalement, on estime que nos besoins principaux pourraient être satisfaits en réduisant de 20 % l'énergie consommée. Compte tenu de l'équation énergie/climat, l'action sur la demande est donc un axe prioritaire de toute politique énergétique, quand bien même les grands producteurs d'énergie ne seraient pas naturellement enclins à agir pour une réduction de la consommation…

Cette dimension essentielle étant posée, déclinons maintenant les contraintes et priorités qui délimiteront les politiques énergétiques.

Les contraintes : définir un cap… en pleine incertitude

L'un des défis majeurs du nouveau siècle résulte de la croissance démographique qui portera la population mondiale de 7 à 9 milliards d'individus d'ici 2050. Les 2 milliards de nouveaux venus nous rejoindront avec des besoins matériels de nourriture, d'eau, d'énergie… Certaines de ces ressources seront rares localement et provoqueront des tensions régionales (les guerres de l'eau menacent, les terres agricoles manqueront), d'autres seront suffisantes mais poseront des problèmes globaux (l'impact de l'exploitation des énergies fossile sur le climat)...

Ce contexte général est de surcroît frappé par de très nombreuses incertitudes qui pèseront sur la capacité d'investissement des acteurs économiques, incertitudes :

— sur les effets réels du réchauffement climatique, leur localisation, leur coût ;

— sur la disponibilité dans l'espace des ressources énergétiques, les technologies énergétiques et leurs coûts en développement ;

— géopolitiques, notamment dans les zones qui concentrent les ressources d'hydrocarbures ;

— économiques, sur la croissance dans différents pays en termes quantitatif et qualitatif et ses liens avec la demande d'énergie ;

— institutionnelles, concernant les cadres réglementaires mis en place et leur stabilité dans le temps ;

— concernant l'éventualité d'événements extrêmes : cyber-attaques, terrorisme, événements climatiques inédits, pandémies...

Pour reprendre le constat du chef économiste de l'Agence Internationale de l'Énergie, Fatih Birol, lors du World Energy Congress de Montréal en 2010 : « Notre avenir énergétique n'a jamais été aussi incertain ». Toutes ces incertitudes inhiberont les investissements de long terme et ouvriront une nouvelle ère dans la manière de penser les politiques énergétiques. Les systèmes énergétiques mis en place au cours des cent cinquante dernières années, alimentés à 80 % par les énergies fossiles, sont très rigides techniquement et présupposent, implicitement, une certaine inertie des consommateurs. Un enjeu essentiel sera d'y adjoindre de « l'intelligence » : non pas que les systèmes actuels en soient dépourvus (la modernité du XXe siècle est indissociable de la diffusion du moteur à explosion et de la « fée électricité » qui furent de vraies révolutions), mais la complexité des systèmes énergétiques du futur sera telle et les besoins de flexibilité si aigus (pour faire face aux incertitudes susmentionnées) qu'il s'agira de franchir un cap technologique en développant des *smart grids*, *smart cities*, *smart buildings*, articulés autour de *smart consumers* (cf. chapitre IV).

Facteur « favorable » cependant, face à cette forêt d'incertitudes, dans un monde globalisé et sous pression d'une demande durablement en hausse : le prix du pétrole, qui reste le « directeur » dans la sphère énergétique, devrait être orienté à la hausse (ou, en tout cas, rester perché à des niveaux bien plus élevés qu'au cours des dernières décennies). Le prix du gaz naturel est transitoirement déconnecté de celui du pétrole (du fait du développement du gaz non conventionnel aux États-Unis), mais, à terme, une reconnexion devrait s'opérer car les produits sont partiellement concurrents et leurs fondamentaux ne sauraient diverger durablement. Le même raisonnement vaut pour le charbon, en concurrence avec le gaz naturel pour la production d'électricité. En outre, l'ombre du réchauffement climatique planant, de nombreux pays taxeront davantage le carbone (ou réduiront les subventions à son usage qui prévalent dans de nombreux pays producteurs), facteur haussier supplémentaire. Un faisceau de facteurs concourt donc à orienter les prix des énergies fossiles à la hausse, tandis que les coûts des énergies renouvelables, au moins pour le solaire et le vent, sont orientés à la baisse.

Les temps sont donc nouveaux et la politique énergétique revêtira des contours bien différents de ceux dessinés au cours du dernier demi-siècle, avec désormais l'imbrication en « poupées russes » de différents niveaux :

— au niveau global, où les urgences climatiques devraient conduire à développer des formes de « multilatéralisme » pour faire face à cette menace intrinsèquement globale ;

— au niveau régional, européen par exemple, où, malgré la diversité des mix énergétiques, se posera la question de nécessaires coopérations, notamment pour articuler les espaces nationaux via les réseaux de transport d'énergie (gaz et électricité) ;

— au niveau national, où des cadres fiscaux et réglementaires innovants, y compris pour le financement du futur, devront être mis en place ;

— au niveau local enfin, où les collectivités locales « orchestreront » l'invention de systèmes innovants, dans l'enceinte des villes du futur.

Les objectifs : allier sobriété et sécurité

Les contraintes étant posées, les chapitres suivants seront consacrés à développer ce qui constitue, selon nous, les priorités d'une politique énergétique responsable.

L'énergie doit être sûre, ce qui suppose de combiner rationalité et vérité (chapitre II). Toutes les filières énergétiques (et au-delà, toutes les activités économiques) comportent des risques intrinsèques : accidents miniers, accidents pétroliers, gaziers et nucléaires, marées noires, pollutions locales et globales. Au cours de ces dernières années, ces menaces ont revêtu un nom pour le grand public : Deepwater Horizon, Fukushima, gaz de schiste... Dans chaque cas un débat a émergé, opposant le risque supporté par les opérateurs et l'intérêt général avec, en toile de fond, la nécessaire réinvention de processus de décision. Un contrôle démocratique du risque est-il possible ? Et comment faire pour que le principe de précaution n'inhibe pas le progrès technique en toutes circonstances ? La mise en place d'une nouvelle gouvernance de la sûreté énergétique est une nécessité absolue et relève d'une démarche nécessairement internationale. La recherche de sûreté en temps incertains passera également par la promotion de bouquets énergétiques diversifiés.

Une énergie aussi peu chère que possible, mais à son vrai prix (chapitre III). Il faut amorcer le deuil d'une période d'énergie abondante et bon marché, dont la consommation croissante ne posait pas de problème majeur. Cette ère est révolue, même si des tensions se manifestent toujours à l'arrière-garde : le prix des énergies étant un sujet politiquement sensible (essence, fuel, gaz, électricité), la tentation du blocage (ou de la subvention) des prix n'est jamais loin. Or les prix de l'énergie doivent refléter les coûts, y compris les coûts de dégradation de l'environnement. Des taxes élevées peuvent être souhaitables pour financer la construction de systèmes énergétiques durables (et dégager des espaces économiques pour les renouvelables) et pour aider les plus défavorisés à se mettre à l'abri en gagnant en sobriété et en efficacité énergétique.

Des systèmes énergétiques sobres et renouvelables doivent être inventés (chapitre IV). Le réchauffement climatique et l'aggravation des contraintes climatiques nous appellent à rejoindre une « nouvelle frontière énergétique » pour inventer les systèmes énergétiques du futur, des systèmes beaucoup plus sobres dans lesquels les énergies renouvelables joueront un rôle prépondérant et où l'amélioration de l'efficacité énergétique sera le principe directeur. Le chemin sera long car il est question, ni plus ni moins, de modifier en profondeur la manière de produire et de consommer l'énergie, c'est-à-dire nos modèles de société et nos modèles de croissance économique.

Les complémentarités européennes doivent être activées

(chapitre V). Les Européens ont créé un espace énergétique au sein duquel ils devront relever l'ensemble des défis que nous avons évoqués. Cette construction est balisée par des directives et une dynamique institutionnelle dont la Commission, les gestionnaires de réseaux et autres régulateurs constituent les pivots. La promotion des seuls mécanismes de marché ne sera à l'évidence pas suffisante pour faire de l'Europe le creuset des nouveaux systèmes énergétiques (et pour assurer la compétitivité internationale de ses industriels). Mais la diversité des bilans énergétiques des États membres est aussi une source de complémentarités qui devront être activées en reliant les espaces nationaux par davantage d'interconnexions et en incitant à la coopération aussi bien des nations que des régions. Les décisions récentes des Britanniques et des Allemands de modifier les règles du jeu de leur espace énergétique, sans concertations réelles avec leurs voisins, ne vont pas dans le bon sens... tandis que la volonté de la Commission que l'Europe parle d'une seule voix dans les négociations énergétiques externes est au contraire une raison d'espérer. Ce constat vient nous rappeler qu'il y va de l'Europe énergétique comme de l'Europe monétaire, le chantier est en cours...

Il faut promouvoir les nouveaux « héros » de la révolution énergétique (chapitre VI). La construction des systèmes énergétiques existants et leur gestion ont été le fait de grandes entreprises souvent en situation de monopole ou, pour le moins, de fort pouvoir de marché. Mais, pour symboliser les transformations à venir, nous avons souhaité mettre en avant des acteurs qui joueront un rôle moteur dans les transformations à venir, les « innovateurs » et les « consommateurs ». La nécessaire promotion des énergies renouvelables et de l'efficacité énergétique fera naître de nouvelles « chaînes de valeur », de nouvelles organisations qui laisseront plus d'espace à l'innovateur, porteur d'idées originales. Dans le même temps, le consommateur (qui n'est pour l'heure souvent qu'un « usager » des services énergétiques) sera appelé à plus d'interactions avec ses fournisseurs (notamment via des compteurs dits « intelligents »), et le prix plus élevé de l'énergie associé au développement d'usages nouveaux (véhicule électrique) doperont son intérêt et le rendront très proactif.

Il est temps maintenant de poser ces cartes sur la table.

Chapitre II

GARANTIR L'ÉNERGIE LA PLUS SÛRE, AVEC LUCIDITÉ

L'histoire des énergies, au plan mondial, fut longtemps celle de conquêtes, de découvertes et d'ambitions collectives. Que ce soit à la fin du XVIIIe siècle avec l'essor du charbon, moteur de la révolution industrielle, ou quelques dizaines d'années plus tard avec l'extraction des premiers barils de pétrole à Titusville ou à Bakou, l'énergie moderne fut d'abord considérée comme le vecteur du progrès et du développement économique, au service de la collectivité. Et les découvertes de filons et de filières faisaient le tour de la planète comme autant d'espoirs d'un avenir meilleur.

Depuis un demi-siècle, tout semble avoir basculé. Les progrès économiques et sociaux apportés par l'essor du secteur énergétique rencontrent de plus en plus d'obstacles idéologiques et humains. Au tournant des années 1980, le sociologue et philosophe allemand Ulrich Beck décrit justement cette « société du risque »[1], effrayée par les nou-

1. Ulrich Beck, *La société du risque. Sur la voie d'une autre modernité*, Éditions Aubier, 2001.

veaux périls engendrés par son propre développement industriel et technique (pollutions, catastrophes industrielles...). À l'évidence, les dernières années auront alimenté cette chronique avec l'enchaînement de l'explosion de la plateforme pétrolière Deepwater Horizon, l'accident nucléaire de la centrale de Fukushima, ou encore la polémique, notamment en France, liée à l'exploitation des gaz et huile de schiste.

Désormais, le secteur énergétique mondial doit tenir compte de représentations sociales paradoxales dans l'opinion publique. Le concept de « transition énergétique », d'avènement d'un monde plus économe en émissions de CO_2 convainc de plus en plus. Mais, dans le même temps, de nombreux éléments relevant du progrès technologique sont contestés et provoquent des peurs individuelles et collectives. Cette peur du progrès se manifeste localement par des syndromes au nom fleuri, « Nimby » (*not in my back yard* — pas dans mon arrière-cour) ou « Banana » (*build absolutely nothing anywhere near anybody* — ne construisez rien, nulle part, près de qui que ce soit). Qu'il s'agisse de centrales électriques, de déchets nucléaires, de lignes à haute ou très haute tension, mais aussi de champs d'éoliennes, de grands barrages ou de technologies nouvelles, les différentes composantes du secteur énergétique tendent à être diabolisées[1].

1. Ainsi, un tribunal chilien a stoppé en juin 2011 un grand projet hydraulique, Hidroaysen, qui aurait permis d'augmenter la capacité électrique de 2 750 mégawatts, soit 20 % de la consommation chilienne.

Toutes les énergies, à des degrés divers, sont critiquées en tant que sources de pollution, à la fois sanitaire et environnementale ; et les intérêts particuliers, locaux ou nationaux, paraissent systématiquement primer sur l'intérêt général.

L'exigence d'une énergie sûre suppose dès lors de faire un inventaire, le plus rigoureux possible, des risques réels des différentes filières énergétiques, de réfléchir aux modalités de financement de la sûreté croissante demandée par l'opinion, d'envisager quel type de « gouvernance » mondiale pourrait émerger dans les années qui viennent et enfin, surtout, de considérer comment pourraient être renoués les fils du dialogue et de la confiance avec une opinion publique aujourd'hui « déboussolée ».

Pour préciser notre propos, il ne s'agira pas ici d'aborder la question, voisine, de la sûreté des approvisionnements, c'est-à-dire de la continuité de la livraison de l'énergie à l'utilisateur final, qui peut être mise à mal par différentes menaces (tensions sur les approvisionnements en hydrocarbures, grèves...), mais d'évoquer les menaces à l'intégrité des populations liées aux systèmes de production (ou de transport) d'énergie.

PANORAMA DES RISQUES ÉNERGÉTIQUES

Au lendemain de l'accident de Fukushima Daiichi en mars 2011, l'opinion publique mondiale s'est émue de l'exploitation peu sûre de cette centrale par l'opérateur japonais Tepco, de l'absence de scénario de résistance aux inondations, et de la faiblesse à la fois des autorités de sûreté et du contrôle public encadrant cette société. Ces sujets d'effarement étaient certes fondés. Mais fut instruit aussi, de manière parfois opportuniste, un autre procès, celui de l'industrie nucléaire tout entière et des risques encourus à cause d'elle à travers le monde.

Nous essaierons ici d'éviter les positionnements « théologiques », nous limitant à rappeler qu'aucune des grandes ressources énergétiques ne peut en 2012 se prévaloir du « risque zéro ». Il n'existe pas aujourd'hui, sur notre planète, de ressource énergétique parfaite, ne causant aucun impact environnemental ni ne suscitant aucun risque vital pour ceux qui l'exploitent ou en bénéficient.

Chaque année dans le monde, près de cinq mille mineurs décèdent à cause d'incendies ou d'accidents dans les mines de charbon, notamment dans celles des pays en voie de développement (Inde, Chine...), qui ne se plient pas aux normes de sûreté minimales requises. Ainsi, en Chine, la mortalité par accident est quarante fois supérieure à celle subie dans les pays membres de l'OCDE. Selon les statistiques officielles chinoises, près de deux mille cinq cents mineurs sont morts en 2010, soit sept par jour en moyenne, contre vingt-neuf par an aux États-Unis. Et les experts estiment à dix ans minimum le temps qu'il faudra à la Chine pour sécuriser parfaitement ses mines, au prix d'investissements importants.

Pour rester dans ce pays, le charbon n'y est pas le seul facteur de risque. L'hydraulique, énergie renouvelable, fut à l'origine en 1975 d'une catastrophe humaine sans précédent. Début août, suite au passage de l'ouragan Nina dans le Pacifique, des pluies diluviennes touchèrent les provinces du sud du Fujian et du Henan. Les deux barrages situés en amont de Banqiao et de Shimantan, conçus pour accueillir des précipitations maximales d'environ 0,5 mètre sur une période de trois jours, cédèrent et déversèrent plus de 720 millions de mètres cubes d'eau dans les cinq heures qui suivirent. Onze millions de personnes furent aussitôt affectées, dont 30 000 périrent immédiatement !

On pourrait également citer un accident pétrolier majeur survenu aux Philippines en 1987, lorsqu'une collision entre un ferry et un tanker causa la mort de 4 386 personnes, ou encore celui intervenu en Afghanistan, qui a fait 2 700 victimes immédiates.

En avril 2010, l'explosion de la foreuse Deepwater Horizon de BP, dans le Golfe du Mexique, a tué onze personnes et entraîné durant quatre-vingt-sept jours le déversement de 5,5 millions de barils, soit la pollution hydrocarbure en mer la plus importante jamais survenue.

Enfin, il y a bien sûr les accidents nucléaires. La probabilité de leur occurrence est faible. À titre de comparaison, depuis son apparition il y a un demi-siècle, l'industrie nucléaire civile a fait moins de victimes que l'automobile n'en fait encore aujourd'hui, en une seule année, aux États-Unis. Mais l'impact médiatique est fulgurant. Les dommages causés frappent l'opinion par leur étendue géographique et surtout leur persistance dans le temps. Ainsi l'accident nucléaire de Tchernobyl en 1986 pourrait, dans les soixante-dix années qui viennent, entraîner selon les experts de 9 000 à 33 000 victimes supplémentaires (en référence aux coefficients employés actuellement pour évaluer le risque en fonction de la dose de rayonnement[1]), au-delà des trente et un décès immédiats enregistrés.

Il est à noter que, sur la même échelle de temps, les experts de l'OCDE estiment que la mortalité due à la radioactivité naturelle est 1 500 fois supérieure à ces estimations, et cause environ 50 millions de décès, de sorte que ces décès supplémentaires sont très difficiles à observer.

L'Institut suisse Paul-Scherrer publia voici quelques années une étude de référence complète portant sur la période 1969-2000, comparant les accidents graves par filières énergétiques[2]. En cumulant les 1 870 accidents graves (ayant causé la mort de cinq personnes au moins) survenus durant cette période dans le secteur énergétique,

1. Évaluation de risques d'accidents nucléaires comparés à ceux d'autres filières énergétiques, OCDE, 2010, AEN n° 6862.

2. Peter Burgherr et Stefan Hirschberg, « A comparative analysis of accident risks in fossil, hydro and nuclear energy chains », *Human and Ecological Risk Assessment*, 14 (5), 2008, p. 947-973.

cet Institut dénombrait 81 258 décès immédiats imputables à l'énergie, mais répartis de manière inégale : les 18 000 décès liés au charbon étaient dus au millier d'accidents miniers recensés, alors que les plus de 30 000 décès liés à l'hydraulique se référaient à une dizaine seulement de grands accidents. Pour le nucléaire, et le seul accident grave recensé durant la période (Tchernobyl), l'Institut Paul-Scherrer mettait les décès tardifs, incertains, imputables à cet accident (de 9 000 à 33 000 selon les hypothèses) au même niveau que les décès immédiats, certains, causés par le grand accident hydraulique déjà évoqué de Banqiao-Shimantan (environ 30 000).

L'OCDE estime que les chiffres obtenus pour Tchernobyl sont nettement en dessous de la mortalité totale liée aux combustibles fossiles : « La pollution atmosphérique due aux particules fines (inférieures à 10 microns), dont 30 % est imputable à l'énergie, aurait provoqué en 2000 environ 960 000 décès prématurés et la perte de 9 600 000 années de vie dans le monde entier »[1]. Très récemment, la canicule et les grands incendies qui ont marqué l'été 2010 en Russie ont entraîné, pour mémoire, plus de 56 000 décès dans ce pays.

On le voit, le thème de la sûreté en matière énergétique concerne, à l'évidence, l'ensemble des filières et ne peut être uniquement centré sur la question du nucléaire. Pour autant, l'accident

1. *Perspectives de l'environnement de l'OCDE à l'horizon 2030*, OCDE, 2008.

nucléaire de Fukushima Daiichi fait que cette énergie aura sans doute demain, plus que d'autres, à répondre aux inquiétudes de l'opinion publique concernant cette problématique de la sûreté.

D'où viennent ces craintes, croissantes au fil des mois ? Sans doute sont-elles liées au caractère mystérieux de la radioactivité, « puissance invisible » qui échappe au contrôle immédiat du citoyen-consommateur. Dès que sa présence est évoquée, l'opinion s'effraie à la mention d'unités de mesure « barbares » (becquerel, sievert, microsievert...), oubliant volontiers la radioactivité naturelle, les éruptions volcaniques ou les traitements médicaux, salvateurs, que ces mêmes radiations autorisent.

L'évolution des opinions publiques confirme ainsi, sans doute, l'émergence d'une nouvelle « éthique de la responsabilité », chère à Hans Jonas[1], au terme de laquelle l'homme, dans tous les domaines, est une menace pour la nature, pour lui-même et surtout pour les générations futures. La société devient allergique au progrès technique et à ses risques, et décline tout tribut à payer pour cette cause. Forme de repli sur soi, très éloignée du « positivisme » à la française, cette évolution culturelle du XXIe siècle rend plus complexe l'approche rationnelle et cartésienne qui fondait jusqu'ici le discours énergétique moderne.

En tout état de cause, après Fukushima, le défi est clair : il faudra que tous les acteurs — politi-

1. Hans Jonas, *Le Principe responsabilité. Une éthique pour la civilisation technologique*, Éditions du Cerf, 1990.

ques et industriels — du nucléaire poursuivent le travail de transparence et de pédagogie sans lequel le maintien et le développement de cette industrie, partout dans le monde, seraient gravement compromis. Nous y reviendrons plus loin.

ADMETTRE QUE LA SÛRETÉ A UN COÛT

L'évaluation du coût de la sûreté énergétique est liée à l'analyse et à la gestion des risques inhérents à toute activité industrielle. Le développement du gaz de schiste, l'accident de Deepwater Horizon, celui de Fukushima, présentent de ce point de vue des analogies en terme d'évaluation des risques. Quel risque l'opérateur industriel concerné est-il prêt ou apte à assumer ? Quels risques, immédiats et différés, sont écologiquement et économiquement acceptables par la société ? Comment les arbitrages économiques sont-ils faits, à budgets publics décroissants, entre les différents types d'énergie selon les différents risques encourus ? Comment surtout instaurer un vrai « contrôle démocratique du risque », qui ne paralyse pas la société et lui permette de continuer à avancer dans la voie du progrès technique et technologique ?

De ce dernier point de vue, l'exemple du débat bâclé en France, au printemps 2011, concernant l'exploitation du gaz et pétrole de schiste laisse perplexe. Des permis d'exploration avaient été accordés en mars 2010 dans les départements de l'Ardèche, de l'Aveyron, de la Drôme, et en Seine-et-Marne, pour évaluer si les sous-sols de ces territoires contenaient des hydrocarbures (gaz ou pétrole de schiste) emprisonnés dans la roche.

À l'étranger, les spécialistes estiment que les États-Unis pourraient, grâce à cette nouvelle production, devenir autosuffisants en gaz d'ici 2030. En Europe, l'Allemagne développe déjà cette technologie et l'exploration des ressources existantes dans le sous-sol européen fait partie du programme prioritaire sur dix-huit mois des présidences polonaise, danoise et chypriote de l'UE.

Dans notre pays, les termes du débat n'ont pas été posés sereinement. Au printemps 2011, un rapport du ministère de l'Écologie estimait le potentiel à 500 milliards de mètres cubes de gaz dans le sud de la France, soit quatre-vingt-dix ans de notre consommation annuelle de gaz. Les experts préconisaient une expérimentation sur un nombre limité de puits, utilisés uniquement à des fins d'analyse, avec toutes les garanties d'un comité scientifique national, doublé de comités locaux permettant la consultation préalable du public et des élus.

Cette approche raisonnée a fait long feu. La mobilisation locale des opposants, toutes sensibilités confondues, et sa médiatisation furent immédiates et balayèrent les deux missions d'expertise décidées l'une par le gouvernement, l'autre par l'Assemblée nationale. Au lendemain des élections cantonales de mars 2011, sans attendre leurs conclusions et le nécessaire débat de fond sur le sujet, les différents groupes politiques de l'Assemblée nationale tranchèrent à une large majorité pour l'interdiction de ce type d'énergie (loi du 14 juillet 2011).

On rappellera que la facture énergétique de la France s'élevait, en 2010, à 46,2 milliards d'euros (soit 2,4 % du PIB ou l'équivalent du déficit du commerce extérieur), qu'elle comprenait pour 35,6 milliards d'euros d'achats de produits pétroliers et 9,4 milliards d'euros de gaz. Ainsi, nous nous sommes peut-être — temporairement ? — privés, par un électoralisme à courte vue, d'une nouvelle ressource énergétique possible. Il est certes possible de comprendre l'émoi des populations. Dans un débat mal engagé dès l'origine, l'octroi de permis sans concertation préalable n'était pas la meilleure manière de faire émerger des consensus locaux. Toutefois, dès lors qu'un large bilan de la politique énergétique française en 2012 est indispensable, l'évaluation du potentiel économique de ces ressources est indispensable (qu'elles soient exploitées ou non, elles entrent dans notre patrimoine). D'autant qu'elles ont une valeur, même non extraites du sous-sol : il est aisé de comprendre que les négociations avec nos fournisseurs de gaz, notamment russes, n'auront pas totalement la même tonalité, selon que nous aurons fait — ou non — la démonstration que nous sommes nous-mêmes riches d'importantes quantités de gaz…

Il est par ailleurs de « vrais » accidents énergétiques, dont le coût est chiffrable et imputable à leurs auteurs. Ainsi, le coût de la marée noire causée par l'explosion de la plateforme Deepwater Horizon fut évalué dans un premier temps entre 2,6 et 5 milliards de dollars, avant d'être réestimé à plus de 14 milliards par les experts. Il fut entièrement imputé, à la demande du président Obama lui-même, à la compagnie BP, en application du principe « pollueur-payeur ». Au moment de la catastrophe, l'action de BP a perdu environ 50 % de sa valeur, avant de se stabiliser. Et la survie de BP, question évoquée alors par les analystes, paraît désormais garantie... d'autant plus que cette compagnie essaiera de faire supporter une partie du coût par ses sous-traitants et ses partenaires industriels.

Cet exemple prouve qu'une grande entreprise peut, en toute cohérence, réparer les dommages liés à ses erreurs, et que les acteurs industriels peuvent participer au financement du coût de la sûreté. Les autorités publiques ne sont donc pas systématiquement obligées d'endosser les risques industriels majeurs générés par les opérateurs privés.

Mais pour un exemple comme celui-ci, il est d'autres événements énergétiques dont on voit bien que les coûts méritent d'être évalués globalement. Dans un travail qui fait encore aujourd'hui référence, la Direction Générale de la Recherche de la Commission européenne a tenté d'évaluer — en 2003 et 2007 — les « externalités négatives » dues à la production et à la consommation d'électricité, c'est-à-dire la quantification monétaire des dommages socio-environnementaux qu'elles entraînent[1].

Pour cela, les différents combustibles et les différentes technologies concourant à la production d'électricité ont été comparés. Les conclusions de ces travaux furent claires. Le Commissaire européen à la Recherche de l'époque, Philippe Busquin, les résumait ainsi : « Si les citoyens européens veulent vivre dans un monde plus durable, des initiatives pourraient être prises pour taxer les combustibles et les technologies les plus nuisibles (tels que le pétrole ou le charbon) et encourager les combustibles et les technologies ayant le moins d'externalité négative (telles que les énergies renouvelables ou le nucléaire) »[2].

L'Institut Paul-Scherrer a lui aussi comparé les coûts externes provoqués par les émissions de polluants atmosphériques (de 1 à 11 €-cents/kWh), qui sont un vrai problème, à ceux des accidents graves dans le domaine de l'énergie, qui paraissent moindres (pour le gaz naturel : 0,00044 à 0,00063 €-cents/kWh). La conclusion fut que « ce qui pourrait coûter plus cher serait la lente catastrophe quotidienne que l'appétit de l'humanité pour l'énergie provoque, par exemple par les émissions de CO_2 »[3].

1. Travaux du Réseau de Recherche Européen ExternE (External Costs of Energy).

2. « Externalité négative. Résultats de recherche sur les dommages socio-environnementaux liés à l'électricité et aux transports », C.E., Direction Générale de la Recherche, 2003, EUR 20198.

3. Peter Burgherr et Stefan Hirschberg, *art. cit.*

Pour revenir sur les perspectives concrètes du nucléaire, un constat s'impose : tous les pays qui maintiendront ou développeront de nouveaux programmes d'électricité électronucléaire devront sans conteste investir davantage encore dans la sûreté des réacteurs, et l'option d'un nucléaire *low cost* (qui n'a jamais été, faut-il le rappeler, celle de notre pays) s'éloigne à jamais dans le monde. Toutes les redondances en terme de sécurité et les « barrières » nouvelles exigées par les autorités de sûreté, qu'elles soient nationales ou internationales, apparaîtront aux yeux des décideurs et de l'opinion publique comme fondées et légitimes. La ministre allemande de l'Énergie, Ursula Heinen-Esser, reconnaissait elle-même, quelques jours après l'annonce par son pays de sa sortie progressive du nucléaire, que l'âge de la centrale de Fessenheim (trente-cinq ans) n'était pas une préoccupation « dès lors qu'on investi[ssai]t dans la sûreté ».

L'allongement de la durée de vie des centrales au-delà de quarante ans, techniquement possible, avec l'éventualité de la porter à cinquante ou soixante ans, est aujourd'hui décidé aux États-Unis, et le coût estimé est de 500 millions de dollars par réacteur de 1 000 MW. Ces financements servent à renouveler et à sécuriser les gros composants (générateurs de vapeurs, cuves, turbines, alternateurs...).

En France, les cinquante-huit tranches nucléaires ont été mises en service entre 1978 et 2002. Les réacteurs les plus anciens ont donc aujourd'hui un peu plus de trente ans, et atteindront quarante ans entre 2018 et 2021. Les investissements d'EDF dans la maintenance de ce parc ont déjà triplé entre 2004 et 2011, pour atteindre aujourd'hui 2 milliards d'euros par an environ. Cette tendance devrait se confirmer et s'amplifier dans les prochaines années, et les investissements liés à la maintenance nucléaire devraient être multipliés par deux d'ici à 2015. Ceci sans compter le renforcement des exigences en matière de sécurité : au terme de l'audit de sûreté mené en 2011 sur toutes les installations nucléaires françaises, l'Autorité de sûreté nucléaire estime nécessaire de mettre en place, dans chaque centrale, un « noyau dur » comprenant un centre de commandement et de communication « bunkerisé », ainsi qu'un groupe électrogène et une alimentation en eau « d'ultime secours ». L'ASN exige aussi d'ici fin 2012 la création d'une force d'action rapide nucléaire. Les investissements afférents s'annoncent importants, de l'ordre de 10 à 15 milliards d'euros supplémentaires, mais le président de l'ASN, André-Claude Lacoste, juge que « la poursuite de l'exploitation des centrales nucléaires françaises nécessite d'augmenter dans les meilleurs délais, au-delà des marges de sûreté dont elles disposent déjà, leur robustesse face à des situations extrêmes » (*Les Échos*, 4 janvier 2012).

Cette augmentation des dépenses liées aux nouveaux critères de sûreté portera aussi sur les nouveaux réacteurs, dont l'EPR, la centrale de troisième génération — même si les normes de sécurité le concernant sont déjà nettement renforcées par rapport aux centrales de deuxième génération, et ont porté son coût de 3,5 à 6 milliards d'euros.

Si l'on fait un rapide panorama, la France est sans doute l'un des pays au monde où la gestion de la sûreté nucléaire est à la fois la plus exigeante et la plus transparente, loin de ce que nous avons découvert du cas japonais. Dès l'origine, et sous le contrôle d'autorités compétentes et indépendantes[1], l'existence de risques majeurs a été intégrée à la conception même des cinquante-huit réacteurs français. Et depuis la loi de transparence et de sûreté nucléaire (TSN) de 2006, l'exploitant d'une installation nucléaire de base procède tous les dix ans au réexamen de son installation, en prenant en compte les meilleures pratiques internationales, l'ASN pouvant au vu de ce rapport imposer de nouvelles prescriptions techniques.

Malgré tout l'accident de Fukushima entraînera sans doute un renforcement des exigences réglementaires, moins pour des raisons techniques que politiques. L'Office parlementaire d'évaluation des choix scientifiques et technologiques (OPECST), par la voix de Claude Birraux (député UMP de Haute-Savoie), Christian Bataille (député PS du Nord) et Bruno Sido (sénateur UMP de la Haute-Marne), estimait ainsi le 30 juin 2011, à l'occasion de la publication d'un rapport parlementaire

1. Créé en 1973, le Service central de la sûreté des installations nucléaires (SCSIN) est devenu Direction de la sûreté des installations nucléaires (DSIN) en 1991, puis Autorité de sûreté nucléaire (ASN) en 2006.

sur « L'avenir de la filière nucléaire », qu'il fallait « pousser d'un cran les investissements dans la sûreté » et « imaginer des schémas accidentels en cascade, avec des interactions entre sites industriels voisins ». Persuadés que les « impératifs de sûreté doivent être placés au-dessus de toute considération économique », ces responsables politiques, au-delà de leur propre sensibilité, en concluaient qu'« il ne [fallait] pas banaliser l'industrie nucléaire » et que « l'État [devait] conserver la maîtrise de cette industrie ».

Le scénario prévisible de ces prochaines années est donc une augmentation de ces dépenses d'allongement et de sécurisation du parc existant, qui seront sans doute, *in fine*, répercutées sur la facture du consommateur afin d'éviter un endettement excessif de l'opérateur historique. Pour mémoire, le prix de gros de l'électricité oscille, en France, autour de 60 € le MWh (47,5 en moyenne en 2010), le prix d'achat du MWh nucléaire ayant été fixé à 42 € en 2011 par la loi dite « NOME » (loi sur la « Nouvelle organisation des marchés de l'électricité »), l'éolien offshore étant encadré entre 115 et 200 € dans les appels d'offres lancés en juillet 2011[1], et le photovoltaïque produit en 2011 évoluant, lui, autour de 537 €.

1. Dans les appels d'offre offshore lancés à l'été 2011, les opérateurs sont appelés à revendre pendant vingt ans l'électricité produite entre 115 et 175 € le MWh pour trois sites, et entre 140 et 200 € pour deux autres. La mise en œuvre des engagements du « Grenelle de l'environnement » en matière d'énergies renouvelables (passer de 14 à 23 % d'ici 2020) a été chiffrée à un surcoût de 25 €/an/ménage d'ici 2020 par les pouvoirs publics.

L'audit de la Cour des comptes sur les coûts de production de l'électricité, rendu public début 2012, revient sur ces problématiques en y joignant les coûts de démantèlement et de stockage des déchets nucléaires. Il éclaire utilement le débat public. C'est là l'occasion, en amont de l'échéance présidentielle, de fournir aux Français des scénarios énergétiques chiffrés et argumentés. Comme dans d'autres pays, nos concitoyens devront sans aucun doute, demain, payer plus cher leur énergie, mais ils devront clairement savoir dans quelle direction les choix publics les engagent. L'Académie des sciences elle-même milite en ce sens, dans un rapport publié le 29 juin 2001 : « Ce sont les mécanismes démocratiques et non les experts qui doivent déterminer l'avenir de l'électricité nucléaire. Mais il faut pour cela que les enjeux et les diverses options dans leur ensemble soient clairement explicitées, [...] »

QUELLE GOUVERNANCE DE LA SÛRETÉ ?

Quel que soit le domaine énergétique concerné, quelques principes simples s'imposent en matière de « gouvernance de la sûreté » : celui qui exploite ne peut pas être, directement ou indirectement, juge et partie ; les industriels doivent présenter leurs rapports de sûreté à des organismes d'expertise compétents, qui élaborent un avis technique destiné à une autorité administrative indépendante, seule à même de décider des mesures à prendre. Indépendance, compétence et transparence des autorités de sûreté sont ainsi trois exigences majeures, qui conditionnent le crédit que l'opinion publique peut accorder aux instances de contrôle.

La loi de juin 2006 (dont le projet était discuté depuis 2001) relative à la transparence et la sécurité nucléaire, adoptée à une très large majorité de la représentation nationale, a doté notre pays d'un dispositif élaboré et démocratique. Elle a institué une autorité administrative indépendante, l'Autorité de sûreté nucléaire (ASN), chargée de contrôler les installations nucléaires, d'informer le public et de faire des recommandations au gouvernement. Elle a également créé un Haut comité pour la transparence et l'information sur la sécurité nucléaire, instance de concertation et de débat sur les risques liés aux activités nucléaires, sur l'impact de ces activités sur la santé des personnes et l'environnement (il est notamment composé de représentants de la société civile).

Le respect de cette « architecture » indispensable n'a visiblement pas été assuré au Japon. Aux yeux du monde entier, Fukushima a dévoilé une Autorité de sûreté nucléaire japonaise totalement hors-jeu. Comment a-t-elle pu ignorer les conséquences d'un éventuel tsunami sur un archipel qui connaît régulièrement cyclones et typhons ? Pour Shigeaki Koga, haut fonctionnaire du ministère de l'Économie, du Commerce et de l'Industrie (le Meti), la réponse à cette question réside à l'évidence dans l'incroyable collusion d'intérêts entre les autorités politico-administratives japonaises et les industriels du secteur de l'électricité, dont Tepco. Il dénonce notamment, dans un ouvrage récent[1], la pratique régulière des « pantouflages » public-privé, qui a, selon lui, fragilisé le travail normal de contrôle des autorités de sûreté.

Au-delà de ce débat interne japonais, Fukushima a surtout révélé les limites d'une vision « souveraine » des questions énergétiques. La sûreté nucléaire ne peut plus être aujourd'hui l'affaire des seuls États. Le débat nucléaire relève désormais du « village mondial ». Les enjeux de sûreté dépassent les frontières nationales, et comme l'a déclaré le secrétaire général des Nations Unies, Ban Ki Moon, en mai 2011 : « La sûreté nucléaire est un bien public international ». Point de vue partagé par un éminent spécialiste français, Pierre Audigier, qui évoquait lui aussi, dès l'été 2009, « un bien public mondial »[2] et appelait à une plus grande coopération. Il faut en effet, d'urgence, élaborer des objectifs communs, des règles internationales, obligatoires pour tous. Parallèlement, les acteurs du nucléaire doivent progresser en matière de transparence et de clarté sur les conséquences de l'utilisation de l'énergie nucléaire et sur les moyens de s'en servir de manière prévisible, sûre et durable.

1. *Le démembrement au cœur du pays*, cité par Philippe Pons dans *Le Monde* du 14-15 août 2011.

2. *Revue Générale Nucléaire*, n° 4, juillet-août 2009, p. 78 à 81.

Le passé plaide pour un tel transfert de compétences. Comme le note fort justement Cyrille Foasso, « l'internationalisation a limité la tendance à l'ossification des raisonnements nationaux »[1] ; et les débriefings suivant l'accident de la pile plutonigène anglaise de Windscale (1957), ou les échanges entre experts suite à l'accident de Three Mile Island (1979) furent très utiles à toute la communauté internationale, notamment à la France qui avait choisi un parc générique de réacteurs à eau légère.

Cependant il faut aujourd'hui aller au-delà du dialogue entre experts, et revoir en profondeur la gouvernance mondiale du nucléaire, car l'avenir de cette énergie ne peut plus être placé sous le regard des seuls gouvernements nationaux. Cela passe sans doute par l'adoption de nouveaux accords internationaux ; mais il existe déjà une multitude de textes, et le principal d'entre eux, la Convention sur la sûreté nucléaire, n'est ratifié que par soixante-douze pays.

À court terme, le défi est surtout d'inventer une meilleure supervision globale du nucléaire et de renforcer le rôle de l'Agence internationale de l'énergie atomique (AIEA), organisation créée en 1957 sous l'égide de l'ONU pour développer le nucléaire civil — non pour le surveiller. Ses recommandations de standards ne sont pas jusqu'ici contraignantes ; elles ne sont appliquées par les

1. *Histoire de la sûreté de l'énergie nucléaire civile en France (1945-2000)*, Thèse de doctorat, Université Lumière-Lyon II, 2003.

États que sur une base de volontariat. Cette vision limitative a vécu. Demain, sous sa responsabilité, devraient être établies de nouvelles normes, globales et obligatoires, qui constitueront le « cahier des charges » minimal, commun à tous ceux qui souhaitent poursuivre et développer l'énergie nucléaire dans le monde. Dans cet esprit, on ne peut qu'encourager la proposition de créer des forces régionales d'intervention rapide, mobilisables en permanence en cas de perte de moyens électriques et de refroidissement dans une centrale d'un pays donné. L'AIEA devrait aussi recevoir compétence pour faire des revues de sûreté systématiques et régulières, aléatoires, qui pourraient porter à tour de rôle sur 10 % des 440 réacteurs en activité dans le monde. Complémentaires des évaluations de sûreté nationales, ces « revues par les pairs » se heurtent malheureusement à l'hostilité de certains grands pays (les États-Unis, la Chine, l'Inde, le Brésil, l'Argentine) qui voient dans les nouvelles compétences de l'AIEA autant d'ingérences dans leurs affaires énergétiques intérieures.

On notera que des tensions similaires sont apparues entre États européens quand l'Union engagea, le 1er juin 2011, un processus global de vérification des 143 réacteurs en fonctionnement au sein des 27. La mise au point d'un « protocole » commun fut extrêmement conflictuelle entre pays pro- et anti-nucléaires, et l'Union s'est déchirée sur les critères de ces *stress tests*. Encouragée par l'Autriche et l'Allemagne, au lendemain de l'annonce de la sortie du nucléaire de ce dernier pays, la Commission voulait élargir le contrôle des risques aux erreurs humaines, aux actions terroristes, aux attaques informatiques ou aux crashs d'avions. Qualifiée « d'instrumentalisation politique », cette initiative fut contestée par les pays favorables au nucléaire qui souhaitaient en rester aux aléas naturels, séisme, inondation ou tempête. Ces palinodies traduisent à l'évidence la fragilité politique de l'Europe. Dans l'urgence, les réflexes nationaux l'ont, une fois de plus, emporté sur l'intérêt général communautaire.

Et pourtant, l'Europe des six États fondateurs avait su, le 25 mars 1957, être à l'avant-garde en signant le traité Euratom instituant la Communauté européenne de l'énergie atomique (CEEA). Ce texte organise en effet la mise en commun par l'ensemble des États membres de leurs recherches pour répondre aux enjeux de l'atome civil, faciliter l'approvisionnement des futures centrales et lutter contre la prolifération. Euratom a été et est toujours très actif en matière de radioprotection, de sécurité des matières nucléaires (en collaboration avec l'AIEA) pour lutter contre la prolifération, de gestion des déchets radioactifs, ainsi que dans la recherche concernant l'énergie thermonucléaire (la fusion nucléaire) à travers deux projets expérimentaux : le projet JET, à Culham (Royaume-Uni), puis ITER, à Cadarache (France).

Quel paradoxe que les 27 États européens n'aient su donner, au lendemain de Fukushima, que l'image de leurs « chamailleries », alors qu'Euratom représente une zone intégrée régionale pertinente en matière d'industrie nucléaire, qui régule de plus la coopération nucléaire entre l'Europe et les pays tiers !

Une occasion manquée de penser et d'agir en commun, car nous aurions pu au plan mondial nous positionner en leader et valoriser la directive sur la sûreté nucléaire adoptée en 2009, qui fait de l'Europe le premier grand acteur nucléaire à se doter de règles juridiquement contraignantes sur la sûreté, constituant en cela un exemple international.

En élargissant la problématique au-delà du nucléaire, on voit se dessiner deux questions majeures : compte tenu des enjeux globaux liés à la transition énergétique, quel rôle assigne-t-on à la coopération internationale en matière énergétique ? Et sous quelles formes, juridiques et politiques, concrétiser cette action internationale commune ?

L'Agence Internationale de l'Énergie, créée à la suite du premier choc pétrolier (1973-1974), avait pour mission initiale de coordonner la réponse des pays de l'OCDE face aux décisions de l'OPEP. L'Agence a progressivement acquis une grande indépendance, avant de devenir la source de référence majeure pour toutes les statistiques énergétiques, avec la publication annuelle de son *World Energy Outlook*. C'est l'AIE qui a été la première organisation énergétique internationale à attirer notre attention sur les effets possiblement dévastateurs du réchauffement climatique.

La première phrase de son rapport de 2006 a été perçue comme une bombe : « Le futur énergétique que nous sommes en train de construire n'est pas soutenable ». Depuis 2007, le message de l'Agence se durcit chaque année et les scénarios qu'elle construit (cf. chapitre IV) montrent qu'il faudrait tout mettre en œuvre pour que l'augmentation de la température de la planète n'excède pas 2 °C. Depuis le troisième choc pétrolier de 2008, l'Agence a été explicitement mandatée par le G20 pour analyser les marchés de l'énergie et renforcer le dialogue avec les pays non-membres de l'OCDE, c'est-à-dire les pays de l'OPEP, mais aussi les grands émergents comme la Chine, l'Inde, le Brésil, pays auxquels l'AIE a consacré des études. La question de la pauvreté énergétique est par exemple un thème auquel l'Agence attache une très grande importance. L'Agence apparaît bien aujourd'hui comme le haut lieu de réflexion, d'études et de recherche sur l'avenir énergétique de la planète.

Concernant les instruments juridiques nécessaires à une meilleure gouvernance mondiale de l'énergie, on constate aussi qu'il y a loin de la coupe aux lèvres… Ainsi, pour ne retenir que cet exemple, le secteur minier offshore est cruellement dépourvu de réglementation internationale pertinente, comme l'ont constaté les chefs d'État et de gouvernements lors du sommet du G20 de Toronto (juin 2010), quelques jours après l'accident de la foreuse Deepwater Horizon dans le Golfe du Mexique. Depuis une vingtaine d'années, avec l'épuisement des réserves traditionnelles, l'exploration/production de pétrole et de gaz s'est déplacée de plus en plus au large, dans des eaux plus profondes et dans des zones « frontières » inexplorées. Or il n'existe à ce jour aucun texte international ou européen dédié à la réglementation et à la gestion du secteur pétrolier et gazier offshore. La convention des Nations Unies sur la loi de la mer de 1982 (UNCLOS) concerne certes la gestion des océans et de leurs ressources, mais elle est trop peu détaillée, ne prévoit pas d'organisation internationale chargée d'appliquer ses directives... et n'est surtout pas signée ou ratifiée par quelques grands pays, par exemple les États-Unis !

Un constat identique pourrait être dressé pour le secteur minier terrestre ; les cadres législatifs ne sont pas les mêmes dans les différents pays producteurs de charbon, et les exploitations minières ne se plient pas aux mêmes normes de sûreté, d'où l'hécatombe humaine, notamment dans les pays en développement.

Face à ce « mur des souverainetés », il sera sans doute pertinent dans les années à venir de repenser la gouvernance mondiale du secteur énergétique. Au lendemain de l'échec (partiel) de la conférence de Copenhague, plusieurs idées ambitieuses avaient été avancées : la création d'une organisation mondiale de l'environnement, sur le modèle de l'OMS ou de l'OMC, chargée de gérer les ressources de la planète, d'harmoniser les normes internationales et de régler les différends entre États ; l'instauration d'une Cour internationale de l'environnement, dont la mission serait de poursuivre et de condamner les atteintes graves à l'environnement. Quelle que soit l'initiative, l'essentiel, à nos yeux, est de comprendre que les grands défis énergétiques sont désormais transnationaux, et ne peuvent plus trouver réponse dans les seuls choix étatiques. Ils supposeront, demain, réflexions croisées au plan international et actions communes et convergentes.

LA PERCEPTION DU RISQUE ET LE PARADOXE DE L'INFORMATION

Ce chapitre consacré à la sûreté de l'énergie ne saurait se conclure sans aborder la question centrale de la perception du risque par le citoyen, et plus généralement du fonctionnement de l'opinion vis-à-vis des enjeux énergétiques.

Un constat s'impose tout d'abord. La perspective européenne ou même le simple intérêt général n'évoquent plus rien de concret et de légitime aux yeux des citoyens français ou européens ; ces justifications apparaissent souvent comme des mots vides, agités pour masquer des initiatives sans fondement réel. En substitution, l'opinion a privilégié sur les questions énergétiques une approche faite à la fois de pessimisme structurel et d'individualisme.

En décembre 2010, l'observatoire des risques sanitaires constatait que l'accident de Tchernobyl et les marées noires (*Prestige*, *Erika* ou plateforme BP) restaient, des années après, encore loin devant parmi les sujets qui marquent les Français. Il concluait que l'intensité médiatique des accidents énergétiques ancrait durablement la mémoire de ces crises dans l'opinion publique.

Une enquête LH2 réalisée en octobre 2010[1] confirme cette perception accrue du risque énergétique, notamment si l'on compare les réponses apportées aux deux questions suivantes :

— À la question « Considérez-vous l'installation industrielle suivante comme gênante ? », les Français classent dans l'ordre de la gêne occasionnée une usine chimique (94 %), un aéroport (91 %), une décharge d'ordures ménagères (90 %), un site de stockage souterrain de déchets nucléaires (86 %), une autoroute (81 %), une centrale nucléaire (79 %), une voie TGV (76 %), une ligne électrique haute ou très haute tension (73 %), une antenne relais de téléphone (55 %) et une éolienne (42 %).

— À la question « Considérez-vous l'installation industrielle suivante comme dangereuse ? », la centrale nucléaire arrive en tête (88 %), devant la décharge d'ordures ménagères (79 %), la ligne électrique haute ou très haute tension (73 %), l'autoroute (63 %), l'éolienne (59 %), l'usine chimique (49 %), le site de stockage souterrain de déchets nucléaires (42 %), la voie TGV (39 %), l'antenne relais de téléphone (25 %) et l'aéroport (12 %).

Tout se passe comme si l'énergie, ses sources,

1. Enquête réalisée par téléphone auprès d'un échantillon représentatif de 1 037 personnes, du 8 au 20 octobre 2010, avant Fukushima.

sa production, son transport cristallisaient dans notre pays l'inquiétude de toute une époque. L'opinion publique apparaît partagée entre le souhait de garder une énergie économiquement accessible, couvrant ses besoins en toutes circonstances, et des « bouffées » sélectives d'inquiétudes, souvent nourries d'idées reçues, affectant tour à tour les différents secteurs. Dans un environnement fortement marqué par l'application du principe de précaution, l'aversion au risque, relayée par les médias comme par la société civile, est génératrice de peurs collectives, qui affectent particulièrement le secteur de l'énergie : pérennité des ressources fossiles (la lancinante question du *peakoil*), indépendance énergétique, sûreté nucléaire, résistance du système électrique au passage des hivers (ou des étés !), risques sanitaires liés aux lignes électriques, difficultés liées à la diversification des sources (comme les débats sur les gaz de schiste)... Autant de sujets de « une » pour une opinion en proie aux angoisses du lendemain !

Dans cet environnement « précautionniste » croissant, le comportement de nos concitoyens est paradoxal : la transparence est à la fois désirée et redoutée. Les Français sont de plus en plus demandeurs d'informations sur les sujets énergétiques et se plaignent de ne pas en avoir suffisamment, notamment sur les risques encourus ; mais lorsqu'ils disposent de ces données, ils les mettent presque systématiquement en doute, craignant toujours qu'elles soient biaisées. Ainsi, la présence d'informations et son absence sont également perçues comme le fruit d'une « manipulation ». Toute parole est suspecte, celle des industriels, mais aussi celle des décideurs et des responsables. Même les scientifiques ne sont plus toujours perçus comme crédibles.

Une enquête Ipsos de mai 2011[1] révèle ainsi que 80 % des sondés se sentent insuffisamment « informés et consultés » sur les grands enjeux d'avenir ; mais la même enquête révèle l'ampleur des doutes sur la véracité des travaux de recherche, et l'absence de confiance dans les scientifiques pour dire la vérité aux Français. Ce scepticisme touche aussi la capacité de la science et de la technologie à résoudre la question du réchauffement climatique : seuls 52 % des sondés y croient...

Cette défiance vis-à-vis des scientifiques impacte aussi, et plus encore, les politiques. « Pour expliquer les enjeux de la recherche et les débats qu'ils peuvent susciter », les Français sont seulement 26 % à faire confiance aux parlementaires spécialisés dans les questions scientifiques, et 18 % au gouvernement.

Pour gagner la confiance de l'opinion, le secteur de l'énergie doit donc, plus que jamais, jouer la carte de la transparence et de l'ouverture, et parier sur la participation et l'adhésion des citoyens. L'agence pour l'énergie nucléaire de l'OCDE rap-

1. Enquête Ipsos/Logica Business Consulting pour *La Recherche* et *Le Monde*, réalisée du 17 au 23 mai 2011 auprès d'un échantillon représentatif de 1 003 personnes, *Le Monde*, 10 juin 2011.

pelait ainsi, en 2010, qu'il y avait une forte corrélation entre la confiance dont jouissent dans un pays donné les autorités de sûreté et la conviction que les centrales nucléaires peuvent être exploitées de manière sûre[1]. Une enquête Eurobaromètre de 2007[2] indiquait déjà de son côté l'étroite imbrication entre le crédit accordé par l'opinion aux autorités de sûreté (et à la réglementation de l'énergie nucléaire) et la confiance accordée aux exploitants.

Mais cette problématique ne concerne pas que l'industrie nucléaire. Ainsi, en Allemagne, la question primordiale, ces prochaines années, sera celle de l'acceptation par l'opinion publique des nouvelles infrastructures de transport nécessaires pour acheminer l'électricité « verte » du Nord au Sud. En planifiant, à l'horizon 2025-2030, un potentiel éolien offshore de 25 000 mégawatts en mer du Nord et en mer Baltique, l'Allemagne aura à construire, dans la décennie à venir, près de 4 500 kilomètres de nouvelles lignes très haute tension, et envisage à cet effet un nouveau dispositif législatif simplifiant et unifiant les procédures d'autorisation de tracés. Il faudra là aussi des trésors de transparence, de pédagogie et de démocratie pour associer, en amont, les citoyens à l'édification de ces nouvelles infrastructures.

1. « L'opinion publique et l'énergie nucléaire », OCDE/AEN, 2010.

2. Eurobarometer, Special Eurobarometer 271, Europeans and Nuclear Safety, CE, 2007.

Dans l'ordre de ses priorités, l'opinion publique allemande sera-t-elle plus sensible à la protection de son environnement immédiat qu'à la solidarité ou à la mutualisation, liens sociaux forts d'hier ? C'est en tout cas le défi citoyen que le tournant énergétique allemand, l'*Energiewende*, présuppose.

Chapitre III

PROMOUVOIR L'ÉNERGIE LA MOINS CHÈRE, À SON VRAI PRIX

Les énergies sont le flux sanguin qui irrigue la machine économique. L'accès à l'énergie, son prix, sont par conséquent des éléments de la plus haute importance pour les ménages, les entreprises, l'industrie, les transports, les services... Le prix peut être déterminant pour la compétitivité des activités intensives en énergie, aussi bien que pour le pouvoir d'achat des ménages ; à l'avenir, il devra être un facteur clef pour faire naître la sobriété énergétique.

L'analyse des prix de l'énergie n'est pas un exercice aisé car ils procèdent de la superposition de différentes strates : des coûts (de production, de transport, de transformation, de distribution), qui sont le plus souvent hétérogènes, des taxes imposées par les pays exportateurs d'hydrocarbures et par les pays consommateurs, des politiques tarifaires nationales qui introduisent parfois des distorsions économiques par rapport à la structure des coûts, des rentes et des profits qui reviennent aux acteurs les mieux placés ou les mieux organisés... Par surcroît, cette énumération combine de façon complexe des composants nationaux (coûts de production d'une énergie donnée dans un endroit donné, taxes et subventions) et des facteurs déterminés sur des marchés internationaux comme celui du baril de pétrole, de la tonne de charbon ou bien encore le fret maritime. L'évolution dans le temps de chacun de ces ingrédients du prix final (à la pompe, par exemple) fait intervenir des facteurs longs (tendance d'évolution des coûts, pression des contraintes d'environnement) et des facteurs courts (aléas divers du côté de l'offre ou de la demande).

Pour tenter d'éclairer cette mécanique de la formation des prix des énergies, nous allons d'abord examiner la question des coûts qui en est le socle. Nous considérerons ensuite les justifications et les limites des interventions politiques sur les prix. Nous analyserons également l'importance politique et sociale d'un accès à l'énergie dans des conditions « raisonnables » et, pour finir, la recherche d'une fiscalité européenne « vertueuse ».

LES COÛTS DE L'ÉNERGIE ET LEUR ÉVOLUTION ANTICIPÉE

En faisant un plein d'essence ou en réglant une facture de gaz ou d'électricité, les consommateurs ont le sentiment de payer un coût sous-jacent, mais aussi d'être prisonniers d'un système complexe et opaque, dont ils pourraient bien être les jouets... Face à cette complexité, une didactique des coûts le long des filières énergétiques s'impose.

Les coûts : de la production à la mise à disposition

Examinons la situation pour le pétrole, le gaz naturel, le charbon et l'électricité, en nous efforçant de distinguer les coûts actuels (et de rendre compte de leur hétérogénéité), mais aussi les coûts en développement, c'est-à-dire ceux qu'il faudra assumer pour les futurs barils de pétrole, mètres cubes de gaz, tonnes de charbon ou kilowattheures d'électricité.

Le pétrole : prix directeur de la sphère énergétique

Un litre de super ou de gazole à la pompe a été auparavant acheté par le distributeur sur le marché européen de l'essence où le prix est déterminé par deux facteurs : celui du pétrole brut, modulo l'équilibre courant entre l'offre et la demande d'essence sur le marché européen. Le prix du pétrole brut résulte lui-même d'une interaction entre les marchés physiques et les marchés financiers du pétrole et des produits pétroliers. Il est censé refléter l'équilibre physique entre l'offre et la demande mondiale, l'offre pouvant être affectée par des décisions de l'OPEP d'augmenter ou de restreindre la production. En 2011, le prix du pétrole brut a été de l'ordre de 100 dollars le baril. Chaque catégorie de pétrole brut se négocie en fonction de ses propres caractéristiques (densité, teneur en soufre) par rapport aux deux grands prix de référence (*West Texas Intermediate* — *WTI* —, et *Brent*).

Derrière ces prix se cachent des coûts de production très différents qui vont de 3 à 4 dollars par baril au Moyen-Orient à 40 ou 50 dollars en zone offshore profonde et difficile. Un prix de 100 dollars induit donc des rentes importantes pour les gisements les mieux placés, rentes qui sont en partie captées par la fiscalité des pays exportateurs. Une autre partie de la rente est captée par les différents opérateurs qui interviennent tout au long de la chaîne de valeur. Le pétrole brut est acheminé par oléoducs et/ou pétroliers vers les grandes places de raffinage de la planète. Le trajet entre le Golfe et l'Europe du Nord prend à peu près trois semaines et le prix réel payé pour le brut transporté intègre les conditions de valorisation de ce brut à son arrivée sur les marchés. Le coût de transport dépend des conditions du marché de l'affrètement reflétées par des cours internationaux. Le pétrole brut est ensuite raffiné et les produits sont transportés vers les lieux de distribution. Il convient d'ajouter à cela des obligations de stockage imposées aux pays membres de l'Agence Internationale de l'Énergie pour se protéger contre des ruptures d'approvisionnement (soit l'équivalent de trois mois de leur consommation).

Le prix du litre de super ou de gazole est ainsi la somme des éléments décrits ci-dessus dont beaucoup sont soumis à des mouvements de volatilité, comme le prix du pétrole brut ou le taux de change entre l'euro et le dollar. À cette somme s'ajoutent les taxes prélevées par les pays consommateurs.

Le gaz naturel : entre contrats de très long terme et prix *spot*

Dans la plupart des pays d'Europe continentale, la facturation du gaz naturel obéit à une logique assez différente de celle du pétrole. Ainsi, en France, la quasi-totalité du gaz consommé est importée : les principaux fournisseurs sont les producteurs norvégiens (32 %), hollandais (18 %), l'Algérie (16 %) et la Russie (15 %). L'approvisionnement est assuré au moyen de contrats de long terme signés entre les entreprises gazières (GDF-Suez, EDF, Direct Énergie, Poweo...) et les grands producteurs, notamment les deux monopoles nationaux que sont Gazprom (Russie) et Sonatrach (Algérie). Ces contrats qui lient acheteurs et vendeurs sur une longue période (de dix à trente ans) stipulent les quantités contractées et contiennent une formule de prix précisant les conditions d'évolution des prix. Historiquement, le gaz importé était en concurrence permanente avec le fioul pour les besoins de chaleur (professionnels et ménages). Les formules de prix contiennent ainsi en général une clause d'indexation qui aligne l'évolution du prix du gaz sur l'évolution du prix des produits pétroliers (fioul lourd, fioul domestique, pétrole brut). Depuis 2008 et le très haut niveau atteint par le prix du pétrole (148 dollars par baril) la connexion gaz-pétrole a été critiquée et contestée, d'autant qu'en Europe se développaient rapidement des marchés de gros du gaz sur lesquels les prix évoluent en fonction de l'équilibre réel entre l'offre et la demande. Sur ces marchés de gros, les prix ont baissé en 2009 et 2010, de sorte que les critiques ont continué à converger sur les contrats de long terme.

Ces éléments ont conduit les grands acheteurs européens à chercher une renégociation de leurs contrats, en introduisant notamment une référence aux prix concurrentiels sur les marchés de gros ; mais le peu d'empressement des vendeurs à abandonner l'indexation du prix du gaz sur les prix du pétrole, à un moment où le marché du pétrole est globalement haussier, est tout sauf une surprise...

Le prix payé par un consommateur professionnel est un prix négocié avec le fournisseur qui recouvre la matière première et le coût de transport. La plupart des clients résidentiels ont gardé un tarif réglementé d'achat aux fournisseurs historiques (GDF Suez — entreprises locales de distribution). Ces tarifs, soumis par les fournisseurs, pour avis, à la Commission de Régulation de l'Énergie (CRE) sont fixés par le gouvernement. D'après la loi, ils recouvrent :

— Le coût de la matière première (les molécules de gaz) livrée à la frontière française. Ce coût comprend lui-même : le coût de production (environ 8 %), le coût de transport depuis le gisement jusqu'à la frontière française (environ 25 %), la rente prélevée par le producteur (environ 67 %)[1]. Ce coût tient compte du taux de change euro/dollar et prend en compte également le fait que les entreprises gazières peuvent, en complément de leurs contrats à long terme, s'approvisionner sur les marchés de gros à un prix différent des prix contractuels. Cette répercussion du coût sur le tarif est réglée par la loi et les demandes de modification des tarifs sont soumises, pour contrôle et avis, à la CRE.

— Le coût de transport à travers le réseau français de transport (GRTgaz)

— Le coût de stockage et de distribution. Ces coûts, ainsi que le coût de transport en France sont également contrôlés par la CRE en raison de leur nature monopolistique.

— Le coût de commercialisation

— La contribution au service public du gaz

— Les taxes.

Le charbon : un prix inférieur à ses coûts cachés...

Le charbon ne compte que pour 4 % dans la consommation française d'énergie primaire. Le

1. Jean-Marie Chevalier et Jacques Percebois, *Gaz et Électricité : un défi pour l'Europe et pour la France*, La Documentation française, Rapport du Conseil d'analyse économique, 2008. Ces chiffres montrent bien la cherté du transport et l'importance de la rente gazière.

prix se négocie pour des contrats d'approvisionnement qui comportent un prix d'achat Fob (*free on board*, prix qui n'inclut pas les taxes et assurances) auquel s'ajoutent le coût de transport par bateau et le coût final d'acheminement (par train ou camion). Une forte demande mondiale (la Chine est devenue importatrice) et des goulots d'étranglement en matière logistique ont entraîné de fortes hausses entre 2003 et 2008. L'évolution du prix du charbon tend à suivre celle du pétrole.

Mais le niveau du prix du charbon est presque anecdotique, tant il est vrai que ses coûts cachés sont colossaux. Des chercheurs de Harvard ont récemment calculé le véritable coût du charbon en prenant en compte son impact sur la santé humaine (asthmes, cancers et morts prématurées) et ses effets sur l'environnement. Leur analyse conduit à avancer que, pour les États-Unis, la « facture » du charbon serait 500 milliards de dollars par an (dont environ 200 milliards de dollars associés à la santé, en particulier pour les régions appalachiennes). En intégrant ces éléments cachés, il est manifeste que le coût de l'électricité provenant du charbon (aux États-Unis, en Chine, en Inde...) est beaucoup plus élevé que le prix affiché, ce qui contredit l'idée que le charbon est une énergie fossile « bon marché »[1].

1. Paul R. Epstein *et al.*, « Full cost accounting for the life cycle of coal », Annals of the New York Academy of Sciences, février 2011, volume 1219, *Ecological Economics Reviews*, p. 73-98.

L'électricité : derrière le prix, l'ordre de « mérite » des centrales

Un parc de production d'électricité est constitué par un ensemble de moyens de production faisant appel à des énergies primaires et à des technologies différentes. En France, la production d'électricité est dominée par le nucléaire (75 %), auquel s'ajoutent l'hydraulique et le thermique (gaz, charbon et fioul). Au niveau européen, la production d'électricité est davantage diversifiée : charbon, gaz naturel, nucléaire, hydraulique, renouvelables[1].

Ces moyens de production sont classés en fonction de leurs coûts de production (classification appelée « ordre de mérite »). Les coûts de production ont eux-mêmes deux composants : le coût en capital qui représente le montant de l'investissement réalisé, et le coût de fonctionnement (« coût marginal ») qui couvre l'achat du combustible et les frais courants de fonctionnement. Comme la demande d'électricité est soumise à de fortes variations journalières et saisonnières, l'objectif est de couvrir cette demande dans « l'ordre de mérite » en allant de l'électricité la moins chère à celle qui est la plus chère pour répondre aux pointes de consom-

1. La structure du parc varie beaucoup d'un pays à un autre. En Norvège, plus de 90 % de la production d'électricité est d'origine hydraulique ; la France est le seul pays où la part du nucléaire est aussi élevée. En Italie, qui n'a pas de nucléaire, la production d'électricité repose principalement sur le charbon, le gaz naturel et les produits pétroliers, trois sources d'énergie importées.

mation. L'hydraulique au fil de l'eau est le premier selon ce critère (dont le coût marginal est à peu près nul), puis les centrales nucléaires qui assurent la base et enfin les unités thermiques qui permettent de couvrir la demande de pointe. Notons que des flux d'exportations et d'importations complètent ce schéma toujours fondé sur la recherche, à tout moment, de l'électricité la moins onéreuse.

Figure 2

Décomposition des prix de l'énergie en France

	SUPER 95 (moyenne 2010)	GAZOLE (moyenne 2010)	ÉLECTRICITÉ Tarif bleu juillet 2011 (moyenne)	GAZ NATUREL domestique juillet 2011 (moyenne)
PRIX	1,34 €/l	1,14 €/l	137 €/MWh	61 €/MWh
TAXES (françaises)	0,82 (61 %)	0,61 (53 %)	39 (29 %)	10,37 (17 %)
TAXES (producteurs)	0,34	0,34	–	20,4
COÛT dont	0,18	0,19	98	31
Production	0,05	0,05	54	2,4
Transport et distribution	0,13	0,13	44	28,6

Source : Comité Professionnel du Pétrole, Commission de Régulation de l'Énergie (Observatoire des marchés du gaz et de l'électricité) et estimations des auteurs[1].

1. Pour l'électricité, le tarif bleu concerne la clientèle domestique (27 millions de ménages). Pour le gaz naturel, il s'agit du prix payé par un consommateur domestique qui utilise le gaz naturel pour la cuisson et le chauffage. Pour l'électricité les taxes couvrent la TVA, les taxes locales, la contribution au service public de l'électricité (CSPE) et la contribution tarifaire d'acheminement (CTA)

Concernant l'électricité nucléaire, la détermination du coût moyen est un exercice difficile qui a toutefois abouti, selon la Commission « Champsaur », à une estimation située entre 36 et 39 €/MWh.

Dans cette problématique prix/coût, fondamentale, il faut aussi prendre en compte le coût en développement de l'électricité (dit « coût marginal de longue période »). Pour la centrale EPR de Flamanville, en construction, ce coût de production du MWh devrait être supérieur à 60 €. Cette donnée doit être prise en compte dans la politique tarifaire, si l'on veut que se construisent de façon économique les moyens de production du futur.

Ainsi, le prix de l'électricité se décompose comme suit :

— Le coût de production qui, en théorie, devrait refléter le coût moyen mais aussi le coût marginal de l'électricité produite (ou achetée) aux heures de pointe, et prendre en compte le coût en développement, beaucoup plus élevé que le coût moyen. Par ailleurs, ce coût est censé couvrir le démantèlement des centrales nucléaires et le coût de stockage des déchets.

---

pour le financement des retraites des agents des activités régulés. La CTA est également comptée dans les taxes pour le gaz naturel. Notons que les coûts recouvrent la production, la transformation (raffinage), le transport, le stockage et la distribution. Ils recouvrent aussi les profits réalisés par l'ensemble des opérateurs et ce que l'on peut considérer comme un « excédent organisationnel » chez les opérateurs historiques.

— Le coût de transport qui reflète le tarif payé au réseau français de transport, RTE (8 €/MWh).

— Le coût de distribution qui rémunère le distributeur (ERDF) pour acheminer l'électricité jusque dans les foyers ou bâtiments industriels ou tertiaires. Ce dernier coût, ainsi que le coût de transport en France sont contrôlés par la CRE en raison de leur nature monopolistique.

— Le coût de commercialisation.

— Les taxes diverses

— Et enfin, la contribution au service public de l'électricité (CSPE), qui sera analysée plus loin.

Les prix énergétiques : entre rentes, profits et fiscalité

Le prix auquel nous payons l'énergie que nous consommons est donc finalement assez éloigné de son coût de production stricto sensu. Qu'on en juge : ce dernier ne représente que 4 % du prix de l'essence (production et raffinage), 4 % du prix du gaz, 40 % du prix de l'électricité. Certes, il faut y ajouter le coût du transport, particulièrement élevé dans le cas du gaz naturel. Et encore ces coûts ne tiennent-ils aucun compte des coûts externes engendrés par la consommation des énergies fossiles. Mais, au-delà de ces éléments, il y a surtout les rentes qui sont captées aux différents niveaux des chaînes énergétiques et sont le reflet des rapports de pouvoir entre les maillons qui les composent.

Rentes des pays exportateurs d'hydrocarbures. En 2010, la valeur des exportations pétrolières des pays de l'OPEP fut d'environ 1 000 milliards de dollars. Plus de 90 % de cette somme représente la rente pétrolière captée par ces pays et reflète le transfert annuel de richesse entre les pays importateurs et les pays exportateurs. Pour cette même année 2010, la France a dépensé près de 36 milliards d'euros pour ses importations de pétrole et produits pétroliers et plus de 9 milliards d'euros pour ses importations de gaz naturel. De ce montant, la rente payée aux pays producteurs représente plus de 80 %...

Rentes des pays importateurs d'hydrocarbures. Pour les pays consommateurs, les carburants constituent une opportunité « historique » de recettes fiscales. Contrairement aux États-Unis qui disposaient de pétrole abondant et bon marché, les pays européens ont toujours fait face à des importations onéreuses, de sorte qu'ils ont cherché à limiter la consommation par des taxes élevées, facilement récupérables sur des produits sans substitut (forme de rente de monopole). En 2010, le montant des droits et taxes prélevés sur les produits pétroliers s'est élevé à plus de 34 milliards d'euros, soit plus de 13 % des recettes fiscales nettes du budget général. Ainsi, la rente prélevée par la France est plus importante que la rente pétrolière payée à nos fournisseurs.

Rentes des producteurs-opérateurs-intermédiaires-financiers. Tout au long des chaînes de valeur énergétiques, que ce soit pour le pétrole, le gaz naturel, le charbon ou l'électricité, nous trouvons des marchés physiques et financiers, marchés *spot*, marchés à terme, produits dérivés sur lesquels interviennent de nombreux acteurs dont la plupart sont motivés par la maximisation du gain et la minimisation des prélèvements fiscaux dans une optique qui donne souvent une préférence forte au court terme. En 2010, les dix plus grandes compagnies pétrolières internationales ont réalisé un profit de l'ordre de 180 milliards de dollars. Nul ne peut savoir ce que les marchés financiers du pétrole et des produits pétroliers, qui représentent plus de trente-cinq fois la valeur des marchés physiques, ont rapporté aux intervenants. Ces profits ne sont pas condamnables en substance, mais ils appellent de façon urgente une régulation plus sévère des marchés et la condamnation des paradis fiscaux et des pavillons de complaisance qui réduisent la nécessaire contribution des acteurs économiques et financiers à un fonctionnement sain de l'économie mondiale.

Reste enfin, dans le cas français, la rente nucléaire fondée sur la différence entre le coût historique (entre 36 et 39 €/MWh) et le prix sur les marchés de gros qui se situe aux alentours de 60 €/MWh.

Des coûts mécaniquement orientés à la hausse

Même si les coûts de production ne représentent qu'une fraction relativement peu importante du prix final de l'énergie, leur évolution pèsera de manière croissante sur la facture énergétique.

L'équation est à la fois simple et préoccupante : l'arrivée sur la planète de 2 milliards d'individus d'ici 2050 et la transformation du mode de vie dans les pays émergents et en développement seront un formidable facteur d'accroissement de la demande énergétique (ainsi que d'eau, de terres arables...).

Du côté de l'offre énergétique, la situation est contrastée pour répondre à cette demande. Pour le pétrole, la mise en production de nouvelles zones (offshore profond, Arctique) induira des dépenses accrues : hausse des coûts des matières premières (acier notamment), déficit en expertise, précautions environnementales renforcées suite à l'accident de la plateforme BP en Louisiane en 2010 et de la révélation d'autres cas de pollution (Nigeria, Canada, mer du Nord)... Par ailleurs, les pays de l'OPEP, dont beaucoup ont été secoués par les « printemps arabes » ont besoin de revenus élevés pour maintenir la paix sociale et bâtir des projets de développement. Le prix minimum qu'ils souhaitent pour le pétrole avoisine les 90-100 dollars le baril, soit quatre à cinq fois plus qu'au début de la décennie précédente. Enfin, le potentiel de développement de la production pétrolière se trouve en partie dans des zones à risque et il n'est pas sûr que les capitaux nécessaires soient investis en temps voulu. Ainsi, le prix du pétrole, qui reste et restera encore un certain temps le prix directeur de l'énergie, paraît durablement installé sur une tendance haussière.

Pour le gaz naturel, la situation est plus complexe car la révolution du gaz de schiste est en cours et, en 2012, il est difficile de savoir quel sera l'impact de cette révolution sur les coûts et les prix. Le charbon est encore un cas différent : les coûts d'extraction varient peu mais le commerce mondial du charbon est contrôlé par un très petit nombre d'opérateurs et les prix tendent à suivre ceux des énergies concurrentes, tout en prenant en compte une décote du fait des impacts environnementaux.

En ce qui concerne l'électricité, toute nouvelle unité de production est caractérisée par deux types de coûts : le coût en capital et le coût de fonctionnement. En toute logique économique, le choix des investissements du futur devrait être orienté vers le moyen de production d'électricité anticipé comme le moins cher. En réalité, le processus décisionnel est marqué par de très nombreuses incertitudes : évolution de la demande d'électricité et de sa structure, évolution du prix du gaz, coût réel de l'investissement par rapport au coût anticipé, choix du taux d'actualisation… En outre, le développement de la production d'électricité d'origine renouvelable se fait à travers des subventions.

À la croisée de ces différentes tensions, le Cambridge Energy Research Associates (IHS-CERA) prévoit, au niveau européen, que les prix de gros de l'électricité pourraient augmenter de 56 % entre 2010 et 2030[1], prévision antérieure à Fukushima qui en fait donc une hypothèse basse. L'accident japonais et la décision allemande de sortir du nucléaire vont révéler des sources supplémentaires de hausse des coûts et des prix de l'électricité. Les coûts de démantèlement des centrales, de stockage des déchets, de prolongation de la durée de vie des centrales existantes vont être précisés et risquent d'être plus élevés qu'anticipé. En outre, la révision des standards de sécurité sur les installations existantes sera probablement coûteuse. Enfin, la décision allemande impactera sans doute à la hausse les marchés de gros de l'électricité, marchés auquel la France est liée par le jeu des couplages de marchés (entre la France, le Benelux et l'Allemagne). Ainsi, de nombreux facteurs se conjuguent pour placer le prix de l'électricité sur une tendance haussière, hausse qui sera d'autant plus forte en France que les tarifs sont en retard par rapport à la réalité économique.

Dans cette dynamique d'évolution des coûts, un élément majeur qui sera probablement pris en compte de plus en plus sérieusement est le prix du CO_2. Ce prix du carbone reflète en fait les coûts externes (ou coûts sociaux) associés à la production et à la consommation des énergies fossiles : coûts des pollutions locales et coûts de la pollution globale dont le réchauffement climatique est

1. IHS-CERA, *Electricity Poverty. A New Challenge for Suppliers and Policy Makers*, par Andrew Conway et Fabien Roques, 2010.

une composante. Et, comme nous le verrons plus loin, ce prix du CO_2 est une variable essentielle pour délimiter l'espace économique des énergies renouvelables.

DES PRIX « POLITIQUES » : JUSTIFICATIONS ET LIMITES

Le secteur de l'énergie est, par nature, éminemment stratégique : source de revenus importante pour les pays exportateurs, mais aussi, par la fiscalité, pour les pays consommateurs, dont il grève pourtant la balance commerciale. Les motifs d'interventions de la puissance publique sont donc nombreux et variés. Les cas de la France et du Royaume-Uni au lendemain de la deuxième guerre mondiale, deux grands pays importateurs de pétrole, sont symboliques d'une intervention publique d'inspiration identique : quasi-nationalisation de l'industrie pétrolière, nationalisations du charbon, du gaz et de l'électricité, contrôle des prix.

À la fin des années 1970, avec l'arrivée au pouvoir de Margaret Thatcher et la mise en production des gisements de mer du Nord, les Britanniques privatisent ce qu'ils avaient nationalisé et introduisent des mécanismes de marché à tous les étages. C'est le début d'une grande bataille entre l'État et le Marché, entre la planification étatique et la concurrence. Entrés dans le marché commun en 1973, les Britanniques adoptent, bien avant les Français, la logique de fonctionnement de l'économie européenne fondée sur la concurrence et les marchés.

La France résiste, elle, de façon opiniâtre aux exigences européennes de concurrence, qui pourtant étaient inscrites dès 1957 dans le Traité de Rome et qui ont été renforcées dans l'Acte unique de 1986. En matière énergétique, la résistance française a retardé jusqu'en 1996 et 1998 la publication des deux directives majeures sur la libéralisation des industries électriques et gazières. Cette orientation procédait d'une conviction profonde d'avoir le meilleur mode d'organisation possible fondé sur des entreprises publiques en monopole. Ce modèle avait permis notamment de réagir très vite au premier choc pétrolier (1973) en lançant le programme nucléaire le plus ambitieux du monde, avec pour effet de diminuer drastiquement notre dépendance par rapport au pétrole et au gaz importés. Entre 1973 et 2000, l'indépendance énergétique française est ainsi passée de 25 à 50 %. Mais cette indépendance a, paradoxalement, fait naître une dépendance à une technologie privilégiée, le nucléaire, qui contribue pour environ 75 % à la production d'électricité. Et ce tropisme a eu pour conséquence un fort développement du chauffage électrique requérant des importations aux moments les plus froids[1].

1. Dans ce type de situation, une baisse de un degré de la température implique un appel de puissance supplémentaire équivalent à deux tranches nucléaires.

Étrange retournement de l'histoire, en 2010 les Britanniques ont annoncé un « big bang » de leur secteur énergétique qui met un frein aux forces de la concurrence (nouveaux contrats à long terme garantissant une stabilité financière pour les investissements verts, introduction d'un prix plancher pour le carbone...), confirmant que la sphère énergétique reste, par nature, un espace politique, de part et d'autre de la Manche...

L'État protecteur et la tentation du « blocage » des prix

Les prix de l'énergie ont un « contenu » politique très lourd, que ce soit pour l'électricité, le gaz ou les carburants. Dans la « tradition » économique française, les consommateurs ont été habitués à penser que l'État est directement responsable de ces prix et à se tourner vers lui, en demande de protection, face à des hausses, et sans considération des évolutions fondamentales des marchés sous-jacents. Une grande partie de la classe politique, à gauche et à droite, a eu le souci d'entretenir nos concitoyens dans cette illusion en agitant la perspective de blocages des prix ou en promouvant des outils comme la TIPP flottante (taxe intérieure sur les produits pétroliers). S'il est légitime d'abriter les consommateurs des soubresauts des marchés, il est peu conséquent de prétendre les tenir à l'écart des « fondamentaux », surtout dans la période de grands bouleversements énergétiques de cette décennie, et de celles qui suivront. La formation de prix des énergies en France, et en particulier celui de l'électricité, illustre de nombreux renoncements, voire lâchetés, politiques.

Les prix de l'électricité. Entre 1994 et 2010, les prix de l'électricité en France ont suivi l'inflation sans intégrer l'évolution réelle des coûts. Cette période correspond à l'ouverture progressive à la concurrence des marchés du gaz et de l'électricité, après les directives européennes de 1996 et 1998. Les consommateurs dits « éligibles » avaient le droit de quitter les tarifs régulés pour aller s'alimenter sur les marchés (une bourse d'électricité, Powernext, a été créée à cette fin en 2001). Certains d'entre eux ont sauté le pas, perdant la protection des tarifs régulés pour négocier leurs prix, avec EDF et ses concurrents. Mais, à partir de la mi-2005, les prix de marché se sont envolés très au-dessus des tarifs régulés, de sorte que les aventureux ayant quitté le tarif manifestent leur mécontentement vis-à-vis d'une libéralisation qualifiée de « trompeuse » (la concurrence étant censée induire des prix plus bas). Cette situation a conduit la classe politique française à autoriser, par la loi sur l'énergie de décembre 2006, les consommateurs professionnels qui avaient quitté les tarifs régulés à revenir à des tarifs protégés, dits « tarifs réglementés transitoires d'ajustement au marché » (TaRTAM) ou, plus prosaïquement « tarifs de retour », système qui a été jugé par le Conseil d'État (avis consultatif) comme contraire aux objectifs communautaires d'ouverture du marché. Cette loi de 2006 a ainsi maintenu des tarifs régulés reflétant de moins en moins la réalité des coûts, présents et futurs. La France s'est ainsi placée en infraction par rapport aux textes européens, risquant de lourdes sanctions (plusieurs centaines de millions d'euros).

C'est dans ces conditions qu'en décembre 2009, le Premier ministre François Fillon a négocié avec la Commission Européenne un « compromis » au terme duquel la France s'engageait à voter une loi qui rétablirait progressivement une situation d'ouverture conforme aux Traités. C'est ainsi qu'a été votée en décembre 2010, avec retard, la loi sur la Nouvelle organisation du marché de l'électricité (dite loi « NOME »). Cette loi prévoit un retour vers le marché avec l'abolition progressive des tarifs régulés et du TaRTAM. Par ailleurs, pour renforcer la concurrence, cette loi prévoit qu'EDF devra céder une partie de sa production nucléaire à ses concurrents, à un prix reflétant le coût moyen de production de l'électricité nucléaire. C'est le système de l'Accès Régulé à l'Électricité Nucléaire Historique (ARENH). Le prix d'accès demandé par les concurrents d'EDF était de 35 euros par MWh, celui proposé par EDF de 42 euros. Ce dernier niveau a eu la faveur de l'arbitrage gouvernemental, de sorte que certains des concurrents d'EDF prétendent qu'à un tel prix, l'espace économique est insuffisant pour dynamiser la concurrence.

La loi NOME est une construction extrêmement alambiquée, qualifiée même de « loi triste »[1], censée créer « in vitro » des espaces concurrentiels. Très prosaïquement, observons qu'elle n'aborde pas de front la question de la mise à niveau des prix de l'électricité. L'écart se creuse entre des tarifs politiquement bloqués et une réalité de marché qui se révélera inévitablement douloureuse dans les années à venir : les prix de l'électricité en France sont plus bas que la moyenne européenne, mais cet écart reflète de moins en moins un avantage issu de choix judicieux effectués dans le passé, mais de plus en plus une volonté de préserver les consommateurs des tensions du monde énergétique, retardant d'autant plus les progrès de la transition énergétique.

Les prix du gaz naturel. Dans ce domaine, le gouvernement avait essayé de « dépolitiser » le prix en définissant une « formule » dont l'application devait relever d'une surveillance de la CRE dans l'esprit de répercuter sur les consommateurs les variations, à la hausse comme à la baisse, du coût d'approvisionnement des compagnies gazières. Cette formule, dont les principes ont été décrits plus haut, est aujourd'hui en passe d'être revue, mais il est permis de regretter que la CRE soit cantonnée à un rôle consultatif, le gouvernement étant en fin de compte seul décideur de l'évolu-

1. Club Énergie & Développement présidé par François-Michel Gonnot, NOME an 1, Paris, 18 janvier 2011.

tion des tarifs et pouvant les soumettre au cycle politique...

Les prix des carburants. Les hausses de prix des carburants déchaînent régulièrement la colère des consommateurs. Ce problème est épineux pour les gouvernements qui y ont été confrontés. Une solution a pu être de lisser les mouvements de marché, via la fiscalité. Ainsi, en octobre 2000, le gouvernement avait introduit la « TIPP flottante » pour éviter qu'une hausse des prix des produits pétroliers n'entraîne une majoration mécanique des recettes de TVA, avec une « double peine » pour les consommateurs. Le système, d'une gestion compliquée, a toutefois été abandonné en 2002. Depuis les fortes poussées du prix du baril, après 2005, les consommateurs soupçonnent les compagnies pétrolières d'être plus rapides à répercuter les hausses que les baisses, provoquant une montée « au créneau » des ministres des Finances. Toutefois, ce travail de surveillance relève des autorités de la concurrence qui surveillent les tentations de concertation entre les acteurs de la distribution finale ; et à ce niveau, la pression exercée par la grande distribution (qui vend l'essence à marge nulle ou presque) est une menace sur les compagnies pétrolières aussi efficace que celle des ministres des Finances. La vérité est que la seule confrontation directe entre les Français et le prix de l'énergie a lieu à la pompe à essence (l'électricité et le gaz étant régulés), de sorte que le cadran électronique qui affiche le prix est la seule lucarne sur les formidables tensions du monde énergétique. Céder à la tentation de baisser les taxes sur les usages du pétrole irait à l'encontre de l'« Histoire » et limiterait l'adoption de comportements plus vertueux (usage des transports en commun) ou les investissements dans des dispositifs moins énergivores (gains en efficacité énergétique, véhicules hybrides ou électriques). En revanche, il est impératif de prendre en considération la difficulté pour des consommateurs de plus en plus nombreux de faire face à des prix élevés. Cette montée de la « précarité énergétique » sera abordée au chapitre V.

Des prix qui doivent aussi contribuer au service public de l'énergie

L'énergie est un « bien » essentiel, qui a été offert en Europe au travers de services publics (au moins pour le gaz et l'électricité) ; mais l'organisation d'un service public de l'énergie est un exercice délicat dans un univers désormais ouvert à la concurrence. La loi Pierret du 10 février 2000 sur « la modernisation du service public de l'électricité », vise à assurer la dynamique de ces services dans ce contexte. La traduction de cette loi dans le prix de l'énergie est concrétisée par un prélèvement (la Contribution au Service Public de l'Électricité, CSPE), instauré en 2003, et dont l'objet est assez large : faciliter le développement des énergies renouvelables et de la cogénération, assurer la péréquation tarifaire (en délivrant l'énergie à un prix uniforme sur le territoire, y compris dans les îles où les coûts sont plus élevés) et financer des aides en faveur des personnes en situation de précarité. Pour le gaz naturel, une loi de 2006 instaure une contribution prélevée sur l'ensemble des consommateurs pour financer un tarif spécial de solidarité au profit des ménages les plus défavorisés.

Ces prélèvements trouvent différentes justifications, mais leur mise en œuvre est extrêmement complexe, et non exempte d'une certaine « politisation ». La CSPE a été fixée à 4,5 €/MWh pour 2005 et reconduite jusqu'en 2011 alors que, d'après les estimations de la CRE, elle devrait se monter à 7,5 € pour 2011 et 9,5 € en 2012. EDF, opérateur principal, assure ses obligations de service public (rachat de l'électricité éolienne, solaire et issue de la cogénération, péréquation tarifaire), mais n'est que partiellement rémunéré pour cette fonction, ce qui pénalise l'entreprise. L'État cherche par tous les moyens à éviter des augmentations de tarifs.

Pour 2010, l'utilisation de la CSPE était ventilée comme suit : péréquation tarifaire 36,5 %, développement du solaire photovoltaïque et de l'éolien 28,4 %, cogénération 32,7%, dispositions d'aide sociale 2,3%.

En tentant de s'extraire de l'extrême complexité technique du sujet, plusieurs remarques peuvent être faites :

— La péréquation tarifaire est extrêmement coûteuse et, dans les zones insulaires, envoie de très mauvais signaux du fait de l'écart croissant entre le prix payé et le coût de l'électricité produite localement.

— Le développement de la cogénération, production combinée d'électricité et de chaleur avec une efficacité énergétique élevée, doit être encouragé mais cela implique une politique plus générale, comme dans certains pays européens, le Danemark en particulier.

— Le développement des énergies renouvelables, éolien et solaire (domaines où la France est en retard par rapport à certains de ses voisins) est souhaitable et la CSPE est l'outil financier central de cette politique. Encore convient-il d'éviter les « stop and go » dans le soutien à ces filières...

— Ne consacrer que 2,3% de cette enveloppe globale à la précarité énergétique prouve à quel point notre pays doit s'interroger à nouveau, en 2012, sur ses priorités énergétiques.

ANIMER LES PRIX VIA UNE FISCALITÉ EUROPÉENNE VERTUEUSE

Entre pays qui partagent un grand marché commun et des principes de libre circulation de produits et richesse, la question du prix de l'énergie ne peut pas être une affaire totalement nationale. Les pays de l'Union européenne sont engagés dans la construction d'un marché européen de l'énergie qui s'inscrit dans une vision marquée par les « trois fois vingt pour 2020 » (efficacité-renouvelables-diminution des émissions) et par l'ambition à l'horizon 2050 de réduire les émissions de CO_2 de 80 à 95 % par rapport au niveau atteint en 1990. Un tel engagement implique de mettre en place un cadre fiscal et réglementaire qui combine la sécurité des approvisionnements énergétiques, la compétitivité et le développement durable.

Au sein de l'Union européenne, les prix de l'énergie sont marqués par des différences importantes dont certaines tiennent aux disparités de traitements fiscaux. Pour l'électricité, le prix moyen de vente du MWh (TTC) à la clientèle domestique varie de 100 à plus de 200 €/MWh (2009) mais, dans ce prix final, le poids des charges et de la TVA varie considérablement d'un pays à un autre : de 4,7 %, au Royaume-Uni, jusqu'à 54,6 % au Danemark. La moyenne pour l'Union européenne se situe à 24 %, mais elle ne correspond qu'à la situation de quatre pays : Belgique, Finlande, France et Italie. Avec une taxation dans la moyenne européenne, la France est parmi les pays où l'électricité est la moins chère (avec la Grèce et la Finlande), mais nous avons vu que les prix français étaient artificiellement bas du fait des blocages tarifaires.

Pour les produits pétroliers, les écarts sont moins importants mais tout de même significatifs : 1,2 à 1,7 €/l pour le super, de 1,2 à 1,6 pour le gazole, de 0,8 à 1,4 pour le fioul domestique (mai 2011). Le poids des taxes et de la TVA varie entre 39 et

59 % pour le gazole et l'essence, entre 12 et 51 % pour le fioul domestique. Pour les variations des prix hors taxes, il serait utile d'examiner de plus près les relations complexes qui existent entre les variations des prix du pétrole brut et les variations des prix des produits raffinés dans la zone ARA (Anvers-Rotterdam-Amsterdam), prix établis par des agences de cotation comme Platt's, Petroleum Argus et Thomson Reuter. Pour les produits pétroliers, les prix français se situent à peu près dans la moyenne européenne. Pour le gaz naturel, les prix TTC au consommateur domestique s'échelonnent entre 40 et 90 €/MWh (2009). Les prix français sont assez sensiblement inférieurs à la moyenne européenne.

Il existe donc des disparités importantes créatrices de distorsions puisque des produits en concurrence directe peuvent être soumis à des régimes fiscaux différents. On constate que certains pays ont choisi d'appliquer une fiscalité élevée sur l'énergie (Danemark, Pays-Bas, Suède), avec parfois des inégalités : le Royaume-Uni taxe lourdement les produits pétroliers et très peu l'électricité. Au niveau européen global, une étude récente d'Eurostat montre que la contribution de la fiscalité énergétique et environnementale aux recettes fiscales des États a diminué d'environ 1 % sur la période 1995-2008. Ceci tend à montrer qu'il existe déjà une marge de manœuvre pour augmenter les prélèvements fiscaux.

Face à ces disparités, la Commission européenne a entrepris un important travail de réflexion pour mettre en place une « taxation plus intelligente de l'énergie » qui remplace les minimums introduits par une directive de 2003 et qui prenne davantage en compte les objectifs de réduction des émissions. En avril 2011, la Commission a ainsi présenté une proposition de directive qui pourrait entrer en vigueur en 2013 avec une période de transition jusqu'en 2023 et qui vise :

— à rééquilibrer de manière objective (sur la base du contenu énergétique et des émissions de CO_2) la charge entre les différents carburants et combustibles, y compris les énergies renouvelables.

— à mettre en place un cadre pour la taxation du CO_2 sur le marché intérieur et, ainsi, à mettre un prix sur les émissions qui ne sont pas couvertes par le système européen d'échange de quotas d'émission.

La directive fixe des taux minimaux de taxation pour les produits énergétiques utilisés comme carburant ou comme combustible ainsi que pour l'électricité. Les taux minimaux en vigueur depuis 2003 ne tiennent pas compte du contenu énergétique des produits et des émissions, ce qui entraîne des distorsions malsaines entre charbon, carburants, gaz naturel et renouvelables. La Commission propose de scinder les taux minimaux de taxation en deux parties :

— une taxation liée au CO_2, dépendant des émissions des différents produits, fixée à 20 € par tonne ;

— une taxation générale de la consommation d'énergie fondée sur le contenu énergétique exprimé en gigajoules, indépendamment du produit, ce qui constitue une incitation à économiser l'énergie. Cette taxation se traduirait par des charges minimales de 9,6 €/GJ pour les carburants et de 0,15 €/GJ pour les combustibles.

Ce projet de directive est cohérent avec la recherche d'un modèle énergétiquement soutenable pour l'Europe, en rééquilibrant la charge fiscale pesant sur les énergies renouvelables et les énergies fossiles sur une base objective (contenu énergétique et émissions de CO_2). C'est à ce titre, par exemple, que le gazole serait soumis à un taux minimal supérieur à celui de l'essence. Ce projet verra sans doute le jour avec lenteur, comme toute réforme fiscale d'ampleur : de nombreuses exemptions et régimes d'exception seront examinés, de même que devront être prises en compte les questions de la compétitivité de l'industrie et des possibles « fuites de carbone » (le risque de délocalisation d'industries fortement émettrices vers des pays imposant des contraintes moindres en termes de CO_2). Toutefois, ce projet de directive constitue une occasion unique, pour chaque État et pour l'espace européen, de mettre à plat le système fiscal et bénéficier d'un « double dividende » (cf. chapitre IV, avec l'exemple de la Suède). L'occasion doit être saisie d'affecter une partie des recettes au problème de la précarité énergétique afin, au-delà des tarifs accessibles aux ménages les plus modestes, d'améliorer l'efficacité des consommations énergétiques accessibles à ces ménages (cf. chapitre V).

FAIRE DU PRIX UN AIGUILLON DE LA SOBRIÉTÉ ÉNERGÉTIQUE

Les prix de l'énergie en France et en Europe sont trop souvent le produit de temps anciens où ils répondaient à des considérations décalées par rapport aux nouveaux défis. De signaux de prix reflétant l'évolution des coûts (CO_2 compris) doivent être envoyés aux consommateurs et aux investisseurs pour orienter les choix futurs avec discernement. Dans ces signaux, les subventions et les taxes sont nécessaires pour construire un système énergétique soutenable, mais sous contrainte d'une plus grande transparence et lisibilité. Les interventions politiques de blocage des prix sont néfastes car elles entretiennent des illusions et repoussent un réveil douloureux. Nous avons vécu pendant des décennies dans un monde où l'énergie était abondante et bon marché. Il faut bien, maintenant, nous préparer à l'idée qu'elle sera plus chère dans l'avenir.

Chapitre IV

INVENTER DES SYSTÈMES ÉNERGÉTIQUES SOBRES ET RENOUVELABLES

Les précédents chapitres ont abordé les problèmes les plus aigus apparus dans le débat au cours de ces dernières années : une sécurité des systèmes énergétiques de plus en plus en question (ou, plutôt, certains risques trouvent une formidable « chambre d'écho » dans un monde globalisé) ; une mécanique des prix devenue folle, échappant au pilotage politique qui était la norme... sans cependant aboutir à des signaux cohérents, interprétables par les agents économiques, qu'il s'agisse d'industriels ou de consommateurs, pour guider leurs choix d'investissement ou de consommation. Mais la nécessité de recréer de la sécurité et d'établir, sinon une « vérité » des prix, du moins une « cohérence », ne doit pas occulter le projet d'ensemble dans lequel s'inscrivent ces objectifs louables : faire la révolution énergétique en quelques décennies, ni plus, ni moins... Le présent chapitre est destiné à décrire le(s) chemin(s) susceptible(s) d'être emprunté(s).

REJOINDRE LA « NOUVELLE FRONTIÈRE » ÉNERGÉTIQUE

En 1960, John Fitzgerald Kennedy traçait une « nouvelle frontière », celle de l'exploration spatiale. Notre nouvelle frontière est désormais de réussir le tour de force, en quelques décennies, d'inventer des systèmes énergétiques vertueux, c'est-à-dire :

— sobres, car les pays industriels ont construit leur richesse sur une gabegie énergétique, tandis que les pays moins avancés utilisent souvent aujourd'hui des techniques peu efficaces, faute de moyens,

— et renouvelables, car comme nous l'avons expliqué dans les précédents chapitres, nous dépendons aujourd'hui de ressources fossiles, pétrole, gaz, charbon, encore abondantes à l'horizon de quelques décennies, mais dont la quantité totale est finie.

Ce défi s'est finalement imposé comme un projet « politique » durant la décennie 2000 qui a été celle du basculement dans les consciences et dans le débat public : les énergies fossiles, carburants de la formidable croissance mondiale des deux derniers siècles et de ses richesses, ne devront plus alimenter la marche du monde dans l'avenir, ce qui implique mécaniquement de redéfinir notre manière de créer de la richesse et, en vérité, l'organisation même de nos sociétés.

Cette révolution dans les esprits est une étape importante qui n'a cependant pas encore produit d'évolution spectaculaire, les systèmes techniques dont il est question étant aussi complexes que rigides. Aussi, le chemin pour rejoindre la nouvelle frontière se mesure-t-il en décennies plutôt qu'en années, avec un horizon situé aux alentours de 2050. Ce terme peut paraître lointain, mais la réalité est qu'achever cette révolution copernicienne en deux générations humaines est au contraire bien court. Souvenons-nous que la grande peur des années 1970 était celle de la fin du pétrole, alors qu'il faut parvenir à s'en passer, quand bien même le sous-sol continuera à receler des quantités importantes et techniquement accessibles (sous des formes nouvelles dites « non conventionnelles » ou dans des lieux toujours plus lointains, comme dans l'Arctique).

La boussole énergétique désigne désormais cette nouvelle frontière parce que, dans les années 2000, la menace climatique, qui restait jusqu'alors au rang des hypothèses, a pris corps aux yeux du public. Les scientifiques apportaient des faisceaux de preuves laissant de moins en moins de place au doute raisonnable, de sorte qu'il est devenu difficile de rester sourds à leurs alertes. Et comme en écho à ces alertes des scientifiques, des événements météorologiques extrêmes ont frappé plus fréquemment. Les experts du climat, au travers de leur groupement international (le GIEC), ont même été lauréats du prix Nobel de la Paix en

2007, manière d'ériger la lutte contre la menace climatique au rang de grande cause mondiale.

Pour juger du chemin parcouru en quelques années, il faut se souvenir que les négociations internationales dédiées au climat avaient peu d'écho dans les années 1990, alors que Copenhague en 2009 a été le théâtre des plus extraordinaires tensions, mobilisant les chefs des plus grandes puissances mondiales et tenant leurs peuples en haleine (même si l'attention, à la vérité, est sensiblement retombée à Cancún l'année suivante, et à Durban en 2011).

Dans le même temps, la globalisation a fait sortir le fleuve pétrolier de son « lit », le point d'ancrage des prix grimpant aux alentours de 100 dollars par baril en 2010, alors qu'il était quatre ou cinq fois plus bas dix ans plus tôt. Il faudrait donc désormais s'accommoder d'un pétrole durablement plus cher car, contrairement aux chocs des années 1970 qui naissaient de tensions géopolitiques, cette fois les prix giclaient sous la pression des marchés, l'impulsion de la demande exercée par les pays émergents, au premier rang desquels la Chine, faisant du pétrole une denrée plus convoitée et donc plus chère.

Deux forces conjuguées poussent ainsi vers une « nouvelle frontière » énergétique :

— la menace du « changement climatique » induit par des émissions excessives de gaz à effet de serre et notamment des usages de l'énergie ;

— et la menace du « changement économique »,

avec des énergies fossiles autrefois bon marché, mais dorénavant coûteuses (ou aux prix très instables) sous la pression de la globalisation.

UNE FORMIDABLE AVENTURE... PARSEMÉE D'OBSTACLES

Conquérir la nouvelle frontière ne sera pas, à l'évidence, moins héroïque que de poser le pied sur la Lune ou d'envoyer une sonde sur Mars. Les défis sont nombreux : développer massivement des énergies renouvelables certes, mais parvenir aussi à transporter et stocker l'énergie produite, capturer les gaz émis par les hydrocarbures et le charbon qui seront encore brûlés pour la production d'électricité, améliorer drastiquement l'efficacité énergétique dans l'habitat et l'industrie, étendre les usages de l'électricité dans les transports collectifs et individuels...

En jouant de ces différents leviers, les experts sur le climat ont donné le cap : réduire d'au moins 50 % les émissions de gaz à effet de serre d'ici 2050, comparées à leur niveau de 1990 pour espérer limiter l'évolution de la température à + 2 °C à la fin du siècle (objectif qui semble déjà hors d'atteinte)[1]. Et la responsabilité historique des

1. L'absence d'accord lors des conférences de Copenhague (2009) et de Cancún (2010) et probablement dans les années à

pays riches, à l'origine de deux tiers des émissions depuis le début de l'ère industrielle au XIXe siècle, obligera ces derniers à plus d'efforts encore, en les conduisant à réduire leurs rejets d'au moins 80 %. L'ampleur de la tâche est d'autant plus considérable qu'il n'est pas seulement question de transformer les systèmes de production d'énergie mais, plus fondamentalement encore, de sortir d'une économie qui avait de ces ressources un usage assez négligent, et d'entraîner des secteurs entiers comme l'automobile ou la construction vers un nécessaire aggiornamento.

Listons quelques-uns des obstacles qui se dressent au long du chemin.

Tout d'abord, le changement se fera « contre le courant » car la tendance naturelle n'est pas à une décrue ou même une stabilisation des émissions de CO_2. Qu'on en juge : de 1990 à 2000, les émissions mondiales ont progressé au rythme annuel de 1 %, contre 3 % durant la décennie suivante. Même si, au plus fort de la crise économique en 2009, la progression a marqué le pas, la marche en avant a repris dès 2010. Et, plus le tournant sera pris tard, plus son coût collectif sera élevé, ainsi que les risques de voir la température mon-

---

venir, retardera l'engagement d'un effort collectif coordonné, réduisant la perspective de contenir l'accroissement de la température dans cette limite. En outre, les observations récentes du GIEC (notamment sur la fonte des icebergs et des glaciers) convergent généralement pour annoncer une accélération des effets du réchauffement.

diale s'élever de plus de 2 °C, avec un grand danger d'emballement. L'Agence Internationale de l'Énergie a ainsi calculé en 2010 que, Copenhague n'ayant pas accouché d'un accord global, le retard pris alourdirait la facture de la transition énergétique d'environ 1 000 milliards de dollars[1]. Et, comme le compteur tourne, ce surcoût croît à mesure que l'inaction perdure...

La prise de conscience au sujet de la menace climatique dans les années 2000 n'a, sans réelle surprise, pas encore débouché sur une belle unanimité concernant la manière d'y faire face. La difficulté à stabiliser un accord international pour le climat témoigne de divergences de vues (notamment entre la Chine et les États-Unis qui sont les deux principaux émetteurs) sur la nature des efforts à engager et sur leur répartition.

Mais, au-delà de ces frictions visibles aux yeux du monde, d'autres facteurs seront autant de freins au changement. Parce que de nombreuses populations, souvent modestes, accèdent pour l'heure à des énergies fossiles subventionnées et ont intérêt à garder ces avantages qui sont souvent vitaux (les fameux prix « politiques » analysés au précédent chapitre). En 2008, 550 milliards de dollars ont été consacrés à subventionner l'usage du pétrole, du gaz ou du charbon, soit des budgets douze fois plus importants que le soutien apporté aux énergies renouvelables[2]. Le « pacte social » de

1. AIE, *World Energy Outlook*, 2010.
2. AIE, *World Energy Outlook*, 2009.

nombreux pays (souvent producteurs de ces ressources) a ainsi pour socle un accès à l'énergie à des prix allégés, ce qui retarde évidemment l'essor d'énergies renouvelables ou limite les efforts pour des usages plus efficaces[1].

Dans le même ordre d'idées, une inertie naîtra de la disponibilité encore importante des énergies fossiles. Pour maintenir la dérive de la température mondiale aux environs de + 2 °C, il ne faudrait émettre que 560 milliards de tonnes de CO_2 d'ici à 2050. Or les réserves connues d'énergies fossiles représentent un stock de CO_2 cinq fois supérieur à cette limite. Et, selon les travaux du Postdam Institute for Climate Impact Research, les cent premières compagnies mondiales disposent à elles seules de réserves équivalentes à 750 milliards de tonnes, soit 40 % de plus que ce plafond. La pression économique qui s'exercera pour extraire ces ressources du sol est évidente et nous sommes en présence d'un nœud gordien :

— ce n'est pas, contrairement à la grande frayeur qui a tétanisé les pays industrialisés dans les années 1970, la fin « physique » du pétrole ou du gaz qui obligerait au changement de systèmes,

— et, à moins de recourir massivement à la technique de la capture et séquestration souter-

1. On trouve l'Iran, la Russie et l'Arabie Saoudite au premier rang des pays « subventionneurs ». Notons que, parmi les conclusions du G20 de Pittsburgh en septembre 2009, apparaît la volonté d'« éliminer progressivement et de rationaliser à moyen terme les subventions inefficaces aux combustibles fossiles » qui encouragent le gaspillage de l'énergie.

raine de carbone, nous allons devoir laisser sous terre des stocks considérables d'énergie fossiles (notamment de charbon), alors même que les techniques disponibles les mettront à portée de main, et que leur combustion a jusqu'alors fondé la richesse des Nations...

Troisième écueil, de nombreuses incertitudes planent sur la future rentabilité des investissements nouveaux à réaliser, compliquant la prise de risque par les entreprises. Innover est toujours un saut, petit ou grand, dans l'inconnu, mais le monde énergétique recèle des menaces très spécifiques qui contrarient l'audace des innovateurs. La première, la plus évidente, est que la rentabilité (« l'espace économique ») des nouveaux investissements dépend du prix des énergies fossiles : plus les prix du pétrole, du gaz et du charbon seront élevés, plus il sera logique de chercher à gagner en efficacité énergétique, et de se tourner vers d'autres solutions, notamment les énergies renouvelables, dont la rentabilité potentielle sera renforcée. Or, si le prix du pétrole est monté à 148 dollars en 2008, il s'est effondré en quelques mois à 40 dollars sous l'effet de la crise économique, pour remonter depuis et s'effondrer peut-être à nouveau sous peu (si le scénario de sortie de crise en « W », c'est-à-dire en « montagnes russes », se concrétisait). De même, le prix du gaz a fortement baissé en raison de l'exploitation massive de gaz de schiste aux États-Unis et des infrastructures de liquéfaction qui permettent de le transporter par méthanier de continent en continent. Bref, les prix des hydrocarbures seront plus élevés en tendance sur le long terme... mais sujets à des effets de « yoyo » à court et moyen termes, notamment si la croissance mondiale connaît d'autres chocs. Difficile d'y voir clair pour planifier des investissements énergétiques face à ces turbulences, d'autant que les entreprises peinent à anticiper un autre paramètre important de leurs « business plans », le prix du CO_2...

L'une des solutions est d'alléger les risques des investisseurs privés avec de l'argent public, pour financer la recherche ou le déploiement d'innovations énergétiques sur leurs marchés. Mais la montée de la dette des États depuis 2009, notamment au cœur de l'Europe et de sa zone monétaire, fait craindre que l'argent public vienne à manquer et que les rabots budgétaires n'épargnent par les énergies vertes, comme en témoignent de nombreuses décisions en Espagne, Italie, France et ailleurs. Les investisseurs voient planer au-dessus de leurs projets la menace d'un « stop and go », c'est-à-dire d'un soutien inconstant par les pouvoirs publics qui fragilise plus les start-up que les grands acteurs.

Enfin, peu de secteurs économiques sont sujets comme l'énergie à des chocs aussi violents et soudains que celui produit par Fukushima. Parmi les conséquences en chaîne de ce drame, la décision prise par les Allemands de sortir du nucléaire aura des impacts multiples sur l'Europe, que les entreprises énergétiques n'étaient pas en mesure d'anticiper dans leur stratégie. L'énergie partage avec la banque une étrange caractéristique : elles sont toutes deux systémiques, un accident au bout du monde pouvant ébranler l'industrie tout entière.

Le chemin comportera donc des cahots. Autant le savoir. Mais il n'est pas interdit de voir l'avenir avec un optimisme résolu. Souvenons-nous que, en trois décennies, d'autres systèmes qui irriguent nos sociétés ont été bouleversés de fond en comble : avec la révolution d'Internet et de la mobilité dans l'univers des télécoms, notre manière de communiquer en 2010 a peu à voir avec celle de 1980. Des investissements colossaux dans de très lourdes infrastructures ont été engagés, des interfaces et des applications révolutionnaires (tout simplement inimaginables il y a peu encore) ont été inventées, le tout combiné à l'intelligence et la créativité des usagers de ces nouveaux réseaux pour produire une mutation dont les ramifications s'étendent à chaque interstice de nos sociétés. Forts de cette profonde et passionnante transformation technologique et sociale, il y a matière à espérer dans notre capacité à réussir maintenant la révolution énergétique.

VISION PANORAMIQUE SUR LES GRANDS CHANTIERS DE L'AVENIR ÉNERGÉTIQUE

Pour aller de l'avant en levant un coin du voile, de nombreux scénarios décrivent des chemins possibles dans les décennies prochaines[1]. Ces exercices ne relèvent pas de la divination, mais plutôt de la simulation : en tentant de chiffrer l'impact sur les émissions de CO_2 en fonction de différentes combinaisons d'offre et de demande énergétiques dans les décennies prochaines, à un niveau mondial ou bien en centrant l'analyse sur une zone ou un pays.

Quelle trajectoire mondiale pour atteindre la « nouvelle frontière » ?

Offrant une vision panoramique au niveau mondial, l'Agence Internationale de l'Énergie produit chaque année les scénarios qui font office de référence dans son *World Energy Outlook*. La version de 2010 permet de porter le regard jusqu'en 2035 et, bien que publiée avant Fukushima, elle fournit quelques solides points de repère à défaut de certitudes.

1. Dans son rapport de 2011 sur les énergies renouvelables, *Special report on renewable energy sources and climate change mitigation*, le GIEC a analysé près de deux cents scénarios…

Tout d'abord, concernant l'efficacité des politiques publiques pour limiter la croissance de la température, le paysage décrit est chargé de nuages très lourds, entrecoupé de quelques éclaircies :

— Poursuivre « au fil de l'eau » les politiques énergétiques de la fin des années 2000 conduirait à émettre plus de 40 milliards de tonnes de CO_2 en 2035, soit le double de ce qui serait nécessaire pour relever le défi des + 2 °C.

— L'application des nouvelles politiques en projet ou en chantier (dont le Grenelle de l'environnement est la version hexagonale) constituerait certes un progrès notable, mais ne comblant qu'une partie du gouffre de CO_2 (près de 15 milliards de tonnes seraient encore émises en excès...).

Figure 3

L'efficacité des politiques énergétiques pour contenir les émissions de CO_2

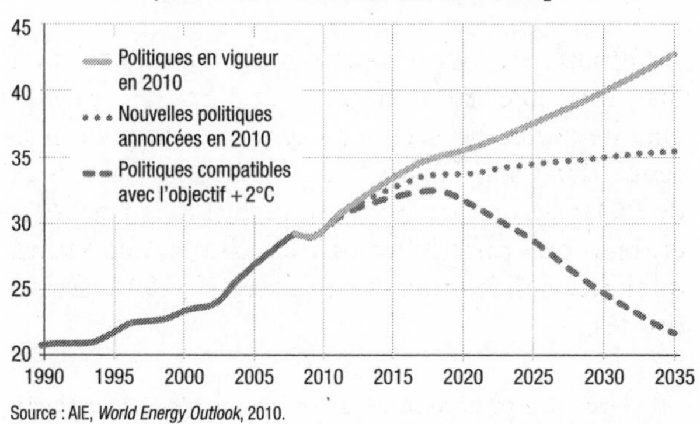

Source : AIE, *World Energy Outlook*, 2010.

Nous sommes donc condamnés à mieux faire, ce qui est tout sauf réellement surprenant... Cette évidence dépassée, différents enseignements plus positifs méritent d'être soulignés.

Tout d'abord, même si le paquet des nouvelles politiques en gestation est loin d'être suffisant (a fortiori si la crise des dettes publiques dans l'OCDE conduit à abuser du rabot sur le soutien aux renouvelables ou à l'efficacité énergétique), il marque une nette inflexion et vient bien confirmer que la décennie 2000 aura été une étape essentielle dans la prise de conscience collective. La progression affolante des émissions de CO_2 durant les années 1990 et 2000 (plus 50 % pendant cette période de vingt ans), produit de la globalisation, pourrait être nettement infléchie par ces nouvelles politiques, ce qui n'est pas rien.

Ensuite, point sur lequel nous reviendrons plus loin, ces scénarios permettent de comparer la puissance de différents outils (leur pouvoir dit « d'abattement ») pour rejoindre la trajectoire qui préserve la température dans des limites gérables. Et la conclusion est très nette : les gains en efficacité énergétique permettront de faire la moitié du chemin qui conduit vers le scénario vertueux, c'est-à-dire de diminuer les émissions de CO_2 d'environ 10 milliards de tonnes en 2035. Par comparaison, l'impact du déploiement d'énergies renouvelables produira un « abattement » du CO_2 d'une importance deux à trois fois moindre.

Autre enseignement essentiel qui ressort de ces réflexions à long terme, concernant la place des économies émergentes ou en développement dans cette transition. L'augmentation future de la demande d'énergie leur sera totalement imputable et, par conséquent, accélérer la diffusion des technologies à bas carbone en leur direction est un enjeu crucial, surtout pour ce qui concerne le Brésil, la Chine, l'Inde et la Russie. Mais, autre point clef, la dynamique de ces économies est telle que certaines auront la capacité à devenir des acteurs puissants dans ces nouveaux champs. Si la Chine utilise aujourd'hui des technologies souvent obsolètes pour produire de l'énergie (comme en atteste son recours massif au charbon dans le secteur électrique), elle a tous les atouts pour tirer un parti stratégique des énergies vertes dans les prochaines décennies. La taille colossale du marché intérieur chinois en fait un bel espace de développement pour les technologies à faible teneur en carbone, en valorisant des économies d'échelle ou en assemblant une importante force de frappe dans le domaine de la recherche. 20 à 25 % des capacités de production d'énergie photovoltaïque ou éolienne mondiale pourraient ainsi se trouver installées en Chine d'ici vingt ans, de même que pour le nombre de véhicules électriques (ou hybrides)[1].

Cet ordre de grandeur conduit à porter un regard différent sur l'échec actuel des négociations climatiques internationales : ce n'est pas parce que

1. D'ores et déjà, plus de 50 % des capacités mondiales de production d'électricité d'origine renouvelable sont installées dans des pays en développement.

la Chine n'apporte pas son paraphe au bas d'un accord global que son économie ne se transforme pas rapidement pour tirer parti du potentiel de croissance verte, sur son marché intérieur et à l'international, et pour accompagner la croissance galopante de ses besoins énergétiques. La violente concurrence qu'affrontent les entreprises européennes ou américaines de panneaux photovoltaïques atteste déjà cruellement de l'agressivité chinoise dans ce domaine : le cabinet GTM Research estime que les coûts de production des panneaux en Chine sont inférieurs de plus de moitié aux performances américaines. Par ailleurs, le douzième Plan quinquennal chinois de 2011-2015 programme de connecter 100 GW d'énergie éolienne au réseau pour produire environ 200 milliards de kWh durant la période... La Chine énergétique est donc bien éveillée.

Les grandes fresques que sont ces scénarios à long terme fournissent un autre éclairage essentiel sur le coût des investissements pour rejoindre la « nouvelle frontière » énergétique et garder en ligne de mire l'objectif de + 2 °C d'augmentation de la température[1] ?

Réduire les émissions de CO_2 de 50 % en 2050 nécessiterait d'investir d'ici là 46 000 milliards de dollars de plus que si le « fil de l'eau » était suivi par la poursuite des politiques actuelles. Ce montant, dans l'absolu, est certes faramineux, mais

1. Cf. AIE, *Energy Technology Perspectives : Scenarios and Strategies to 2050*, 2010.

mérite d'être jaugé avec un peu de recul, car il représente « seulement » un effort d'investissement dans les systèmes énergétiques accru de 17 % (soit 316 000 milliards de dollars au lieu 270 000 milliards). De plus, ce surcoût est plus que compensé par différents effets positifs qui en résultent : les économies de carburant cumulées pèseraient 112 000 milliards de dollars[1], sans compter l'amélioration de la sécurité des approvisionnements énergétiques (l'énergie à base de vent ou de soleil est moins sensible aux aléas géopolitiques que les importations de gaz) ou encore les progrès de la santé humaine résultant de moindres pollutions atmosphériques (et les bénéfices économiques sur les budgets de santé).

Ces perspectives à long terme mettent ainsi en lumière des opportunités qui échappent sans doute aux gouvernants en période de crise économique et de pression sur la notation des États : réduire drastiquement les émissions de CO_2 pourrait bien être une excellente affaire économique ! À la condition toutefois d'échapper à la tyrannie du court terme et d'accroître l'effort sans trop tarder : les investissements annuels dans les technologies faiblement carbonées ont été de l'ordre de 200 milliards de dollars au cours de ces dernières années, alors qu'il faudra les porter à 800 milliards dans quelques années et jusqu'à 1 600 milliards d'ici à 2050.

1. Par exemple, si les Américains et les Européens consentent aux efforts nécessaires, leur demande de pétrole et de gaz aura été divisée par deux par rapport au niveau de 2010.

Les Européens : prêts à investir 300 milliards d'euros par an pendant quatre décennies ?

Quid de la trajectoire des Européens ? Il leur revient, compte tenu de la responsabilité historique des pays industriels, de diminuer leurs rejets non pas de 50 %, mais au moins de 80 %. L'objectif est extraordinairement ambitieux car, mécaniquement, des pans entiers de l'économie européenne seront totalement décarbonés puisque d'autres, comme les transports, ne pourront être entièrement privés d'hydrocarbures à cet horizon. Un bref regard rétrospectif aide toutefois à relativiser « l'exploit » à venir, car le Produit intérieur brut de l'Union européenne s'est accru de 40 % entre 1990 et 2005, alors que les émissions baissaient de 16 %.

Les responsables de la question climatique à la Commission ont dessiné une trajectoire, mise en débat en 2011, afin, donc, de diviser par cinq les émissions européennes en 2050[1]. Cet exercice est riche d'enseignements, le premier d'entre eux étant que cet objectif peut être obtenu sans « rupture » majeure : il n'est pas nécessaire de recourir à des technologies futuristes (fusion nucléaire, hydrogène...) ou de modifier drastiquement le mode de

1. Feuille de route de la Commission européenne pour une Europe compétitive et sobre en carbone d'ici 2050, 8 mars 2011.

vie des Européens pour espérer aboutir. La seule condition, cependant, est d'engager les efforts dès à présent. La Commission envisage ainsi une réduction de 25 % à l'horizon 2020, alors que les États membres visaient plutôt – 20 % (dans le cadre du fameux « trois fois vingt ») ; la progression irait en suivant – 40 % en 2030, et – 60 % en 2040 et – 80 % au terminus de 2050. La répartition de l'effort entre les secteurs d'activité donne un éclairage sur les rigidités des uns et des autres face à l'engagement dans cette transition énergétique.

Trois secteurs d'activité auront tout particulièrement à révolutionner leur organisation. La production d'électricité devrait réduire ses émissions d'au moins 95 %, chaque État étant libre de trouver sa propre combinaison d'énergies renouvelables, de nucléaire ou le captage et la séquestration du carbone (pour la production à base de gaz ou de charbon). Le bâtiment, résidentiel ou tertiaire, sera aussi sous pression avec des objectifs voisins de – 90 %, au prix de normes plus strictes pour les constructions neuves et la consommation des appareils domestiques, mais avec le défi de la réhabilitation du parc immobilier existant. Enfin, l'industrie aurait en ligne de mire les – 85 %, ce qui supposerait de capturer et séquestrer ses émissions de carbone et, du côté des autorités européennes, de veiller à la menace de délocalisations vers des pays appliquant des normes d'émission moins restrictives.

Les trajectoires du transport et de l'agriculture

suivraient des pentes bien plus douces en raison des contraintes spécifiques à ces secteurs. Pour le premier, les émissions continueraient à croître jusqu'en 2030, pour ne fléchir qu'ensuite jusqu'à – 50 % ou – 60 %, sous l'hypothèse d'une diffusion importante des véhicules électriques (qui seraient alimentés par un secteur électrique presque totalement décarboné). Le secteur agricole serait le moins sollicité (de – 40 à – 50 %) car obligé d'augmenter ses volumes de production pour répondre à la progression de la demande alimentaire mondiale et exploiter les nouveaux débouchés que seront les biocarburants.

Mais, là encore, l'équilibre économique de cette grande transition énergétique serait assuré. Du côté des coûts, 270 milliards d'euros par an d'investissements supplémentaires à l'échelle de l'Union seraient requis pendant les 40 années qui nous séparent de l'objectif. Ce volume ne représente toutefois que 1,5 % du montant du PIB de l'Union et pourrait aider l'Europe à échapper à une croissance en berne. En retour, les gains sur les importations d'hydrocarbures représenteraient de 175 à 320 milliards d'euros par an (selon les niveaux de prix retenus en hypothèse) et la forte dépendance de l'Europe s'en trouverait réduite. La Commission estime que les secteurs du bâtiment et des énergies renouvelables pourraient engranger 1,5 million d'emplois supplémentaires dès 2020.

DANS LA BOÎTE À OUTILS DE L'ÉNERGIE BAS CARBONE

La vision macroscopique offerte par des scénarios à vingt ou quarante ans a ses limites car, révélant l'ampleur des changements techniques et la hauteur des efforts financiers à consentir, elle ne dit rien de la diversité des solutions dont, sur une base souvent locale naîtront des systèmes sobres et renouvelables. La quête n'est pas, pour les temps prochains, de découvrir une source d'énergie unique qui serait, en quelque sorte, le « vaccin » contre le changement climatique. Pile à combustible ou fusion nucléaire, les grandes ruptures technologiques arriveront (ou non) au-delà de ce demi-siècle, c'est-à-dire trop tard par rapport au « cahier des charges » climatique. Dans l'attente de disposer d'une solution miracle aux problèmes énergétiques, l'avenir proche supposera de combiner tous les outils disponibles dans la boîte que nous allons explorer maintenant.

Insérer des sources d'énergie renouvelables...

Les chiffres parlent et force est de convenir que le poids des énergies renouvelables dans le bilan énergétique mondial est marginal. Selon l'AIE, environ 13 % de l'énergie primaire (l'ensemble des produits énergétiques non transformés) est de nature renouvelable : la biomasse (à hauteur de 10 %), l'hydraulique (2,3 %), l'éolien (0,2 %), ainsi que le solaire et la géothermie (0,1 %). En scrutant l'épaisseur du trait, l'énergie des océans apparaît (0,002 %), encore à un stade embryonnaire. De surcroît, la moitié environ de la production renouvelable correspond à des usages « traditionnels » (comme la cuisson et le chauffage), susceptibles de présenter des effets négatifs (sur la santé ou sur les écosystèmes si l'équilibre du stock de biomasse n'est pas préservé) lorsqu'ils sont mis en œuvre avec des techniques rudimentaires[1].

Figure 4

Volume d'investissements
dans les énergies renouvelables

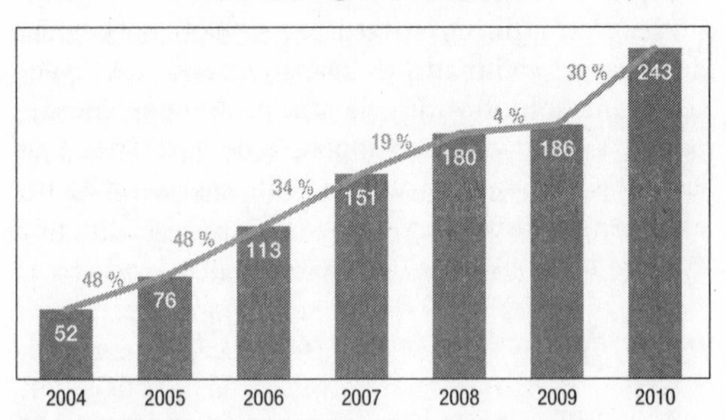

Source : Bloomberg New Energy Finance, Philibert (2011).

1. Cf. Jean-Marie Chevalier et Patrice Geoffron (dir.), *Les nouveaux défis de l'énergie. Climat, économie, géopolitique*, *op. cit.*

Comparés aux 35 % que pèse encore le pétrole, et même s'il est utile de souligner que le poids de l'hydraulique pèse autant au plan mondial que le nucléaire, les renouvelables représentent donc encore les dernières lignes du grand bilan énergétique mondial. Toutefois, l'accroissement des investissements au cours de ces dernières années est remarquable, avec un triplement entre 2005 et 2010 qui confirme que la décennie 2000 est bien l'amorce d'un tournant : dans les visions les plus optimistes, 80 % de la consommation mondiale d'énergie seraient assurés par les énergies renouvelables dans quarante ans, un objectif jugé réalisable par les experts du GIEC. En 2009, les énergies éolienne (+ 30 %) et photovoltaïque (+ 50 %), qui sont les plus matures, ont connu l'accélération la plus marquée, ainsi, à un degré moindre, que la production de biocarburants (+ 10 %).

Mais comme les capacités initiales sont faibles, des taux de croissance même très élevés ne modifient pas fondamentalement les mix énergétiques. Indication plus probante pour l'avenir, en 2009 toujours, la moitié des nouvelles capacités de production électrique au niveau mondial ont été déployées dans les filières renouvelables, indiquant bien leur attractivité nouvelle.

Ce dynamisme s'explique par un nouveau volontarisme public, ainsi que (spécifiquement pour 2009), par les moyens orientés vers l'économie verte dans les plans de relance pour contrer la crise économique. Mais, au-delà de la seule action publique, l'augmentation des prix du pétrole par rapport à leur niveau du début de la décennie 2000 ainsi que la baisse de coûts dans les filières renouvelables les plus matures qui l'accompagne sont autant de facteurs qui ont convaincu les investisseurs de l'existence de marchés. Dans les conditions de production les plus favorables, certaines énergies renouvelables « flirtent » avec la compétitivité pour produire de l'électricité (éolienne, photovoltaïque, sans parler de l'hydraulique qui présente de longue date les coûts les plus bas) ou de la chaleur (biomasse, solaire, géothermie), même si d'autres en sont loin encore (force des marées). Cependant, contrairement aux technologies de production électriques à base de gaz qui seront faiblement dépendantes des conditions externes, les énergies renouvelables sont « ancrées » dans leur environnement immédiat, de sorte que leurs capacités à concurrencer les énergies fossiles ou le nucléaire sont extrêmement variables.

Pourtant, la marge d'appréciation de la compétitivité des renouvelables est considérable :

— quand le phénomène classique d'économies d'échelles et d'apprentissage jouera à plein (le prix des cellules photovoltaïque continuera à dégringoler au fil du temps comme celui des mémoires ou des microprocesseurs) ;

— quand les efforts de recherche auront amélioré les rendements (prochaines générations de biocarburants ou de photovoltaïques) ;

— et quand un prix du CO_2 (ou une taxe) pèsera vraiment sur les choix énergétiques des industriels et des ménages, donnant une valeur monétaire aux vertus des renouvelables.

Terminons en soulignant que si le photovoltaïque et l'éolien attirent le « regard » et occupent le plus de place dans le débat (au moins des échos qu'en perçoit le grand public), le potentiel de bioénergies est considérable, notamment pour un pays comme la France qui a une tradition agricole et forestière (et d'importants espaces dévolus à ces activités). Cet ensemble ouvre en fait des perspectives dont il convient de souligner l'importance : le développement de la biomasse renvoie à celui des réseaux de chaleur, les biocarburants conduisent vers les bioraffineries et la chimie verte, tandis que le biogaz permet d'enrichir la palette des activités du monde agricole.

... dans des systèmes énergétiques décentralisés et communicants

Mieux vaut toutefois ne pas se bercer d'illusions en anticipant que le décollage des énergies vertes se poursuivra sans heurts, sous la poussée des « boosters » traditionnels observés durant les révolutions technologiques. La suite de l'histoire sera tout sauf simple, en raison d'obstacles nombreux et divers sur le chemin. Laissons de côté ceux qui ont déjà été mentionnés au début de ce chapitre (prix des hydrocarbures erratiques, États occidentaux impécunieux, nouveaux chocs macroéconomiques, nouveaux chocs sectoriels comme

Fukushima...) et regardons de plus près les problèmes, certains sans réponse, qui devront être résolus pour insérer des renouvelables à haute dose dans des systèmes énergétiques complexes.

Le premier tient des caractéristiques techniques fondamentales des renouvelables les plus matures, basés sur le vent et le soleil, qui ne sont disponibles que par intermittence[1] et dont les moyens de production sont plus dispersés qu'avec, par exemple, une production électrique reposant sur le gaz ou le nucléaire[2]. L'insertion à grande échelle d'énergies intermittentes et fluctuantes impactera la structure des systèmes électriques et la gestion des équilibres : par exemple, à l'« aléa de consommation » en hiver (une température sous les normales saisonnières provoquant des pointes de consommation) s'ajoutera un « aléa de production » (de par la variabilité de la force vent et du rayonnement solaire) et les gestionnaires de réseau verront leur métier singulièrement compliqué... En outre, le temps nécessaire pour développer des capacités renouvelables risque d'être plus réduit que pour créer de nouvelles lignes de transport de

1. Ce n'est cependant pas une caractéristique commune à toutes les énergies renouvelables : la géothermie n'est pas intermittente, la force des marées l'est mais selon des cycles connus, l'énergie hydraulique dépend du cycle de l'eau mais peut être régulée.

2. Notons toutefois que de grands projets de renouvelable commencent à émerger, comme la production d'énergie solaire de l'autre côté de la Méditerranée (projets Desertec ou Medgrid) ou la production d'énergie éolienne via d'immense champs en mer du Nord.

l'électricité produite, faisant poindre un risque d'engorgement.

La réponse logique à ce nouveau défi de l'intermittence est le stockage de l'électricité : face à un fort taux de pénétration des renouvelables variables, il suffirait de stocker les kilowatt-heures excédentaires aux périodes de forte production et de faible consommation. Mais cette opération ne peut encore être développée à grande échelle, dans des conditions techniquement et économiquement satisfaisantes (expliquant le caractère encore embryonnaire du véhicule électrique). En dehors des batteries, de nombreuses voies sont explorées pour satisfaire la mise en zone tampon de l'électricité produite, entre autres le pompage hydraulique (l'eau est pompée d'un lac en aval vers un lac en amont d'une turbine en période de surcapacité), l'air comprimé (l'air est compressé par l'énergie en surcapacité et actionne en retour une turbine lorsqu'il est libéré) ou l'hydrogène (l'hydrogène est produit par électrolyse avec le courant abondant et génère ensuite de l'électricité dans une pile à combustible)... Mais aucune de ces voies n'ouvre sur une solution prochaine en vue d'un déploiement massif.

Il faudra donc compenser les fluctuations en modulant la demande, ce qui supposera d'inciter (via des systèmes de prix nouveaux) les consommateurs, industriels ou ménages, à s'adapter en « s'effaçant », c'est-à-dire en acceptant de ne pas consommer, prenant à leur charge une partie des contraintes de l'intermittence. Comme on le verra plus loin, la capacité des ménages à s'adapter ainsi, dans le sens d'une plus grande flexibilité, est encore une inconnue. Des moyens de production conventionnels (centrales à gaz en particulier) devront donc être gardés en réserve pour répondre aux aléas, dans la limite du raisonnable toutefois, car il est difficile d'imaginer une armée de centrales qui ne seraient mobilisées que quelques heures par an.

Permettre ces adaptations, gérer l'intermittence, intégrer des capacités de stockage, faire une place aux véhicules électriques, supposera de modifier le design et la nature des réseaux électriques.

Cela passera par la création de *smart grids*, c'est-à-dire des réseaux « communicants » ou « intelligents ». L'intégration dans les réseaux électriques des nouvelles technologies de l'information et de la communication permettra d'échanger plus de données entre les différents acteurs du système, du producteur au consommateur en passant par les gestionnaires de réseaux et les fournisseurs et de répondre ainsi aux contraintes nouvelles créées par l'intégration à haute dose de renouvelables. Les consommateurs commencent à voir apparaître la partie immergée de ces *smart grids* avec l'arrivée progressive dans les foyers des *smart meters*, c'est-à-dire des 35 millions de compteurs Linky communicants qui devraient remplacer progressivement, d'ici 2018, les compteurs bleus.

Et il faudra aussi créer des *super grids*, autoroutes de transport de l'énergie renouvelable à grande distance. Par exemple, l'Europe dispose de ressources réparties de manière hétérogène sur le continent (éolien en mer du nord de l'Europe, hydraulique en Norvège, solaire au sud), sans que le potentiel de développement de capacités jouxte les zones de consommation. En renforçant les interconnexions entre les systèmes nationaux, les *super grids* répartissent la gestion des aléas induits par les renouvelables sur une base plus large et limitent les menaces résultant de l'intermittence.

Les défis techniques sont donc nombreux, mais ce ne sont pas les seuls. Des processus de discussion et de décision démocratiques devront également rendre ces nouvelles capacités de production ou de transport d'énergie acceptables pour les populations riveraines, au risque d'entendre s'élever le trop fameux « Pas dans mon jardin ! ». Pour ne citer qu'un exemple des frictions qui pourraient naître, il faut avoir à l'esprit que la politique de sortie du nucléaire décidée par l'Allemagne après Fukushima supposera non seulement de développer des capacités de production renouvelables colossales (jusqu'à peser un tiers du bilan énergétique allemand), mais également de construire près de 4 500 kilomètres de lignes électriques à haute tension sur tout le territoire…

Et par-delà les énergies renouvelables ?

La croissance des filières énergétiques renouvelables concentre toutes les attentions. Elles représentent des industries naissantes à fort potentiel d'emploi, la concurrence internationale dans la production d'équipements s'avive sérieusement, au point de rappeler l'aventure de l'industrie électronique dans les années 1970 et 1980. Les yeux sont donc braqués sur les énergies vertes, d'autant que les marges de progressions semblent infinies : selon le GIEC (2011), 2,5 % seulement du potentiel technique des énergies renouvelables sont actuellement utilisés dans le monde.

Mais ce légitime et nécessaire engouement ne doit pas occulter l'essentiel : l'exploitation des renouvelables ne sera qu'un des pans, majeur certes, dans la transition énergétique, mais il faudra composer avec d'autres outils :

— en réduisant les nuisances issues des énergies fossiles, en apprenant à capturer et stocker dans le sous-sol le CO_2 émis au lieu de le laisser s'échapper dans l'atmosphère ;

— en tirant parti de la faible teneur en carbone du cycle nucléaire par rapport aux filières fossile ;

— et, surtout, en activant le puissant levier des gains d'efficacité énergétiques.

Cette combinaison d'outils qui permettront la réduction des émissions de CO_2 répond à différentes considérations de coût de l'énergie durant la transition, de complémentarités dans les systèmes électriques (l'électricité à base de gaz est plus souple à mettre en production que les renouvelables, tandis que l'électricité nucléaire fournit une base disponible en continu), de progressivité (toutes les filières renouvelables ne sont pas parvenues à maturité) et de nécessaire diversification des bouquets énergétiques. Détaillons ici ces arguments.

Concernant les énergies fossiles, tout d'abord, l'évidence est que leur poids (80 %) dans le bilan énergétique mondial oblige à composer durablement avec elles et à rechercher leur utilisation la moins nocive pour le climat. Et il existe des marges de manœuvre importantes : l'électricité produite à base de gaz naturel émet moitié moins de CO_2 que celle produite à base de charbon (et présente également des vertus en termes de rejets d'oxydes d'azote et de soufre). Les centrales à gaz dites à « cycle combiné » sont particulièrement performantes en cumulant haut rendement énergétique et faibles niveaux d'émissions (comparativement aux autres technologies de génération électriques à base d'hydrocarbures). Tout est donc affaire de substitution : si le gaz vient remplacer le charbon, sa contribution à la transition énergétique sera positive, d'autant que sa souplesse d'usage lui permet une cohabitation harmonieuse avec les renouvelables. C'est d'ailleurs la stratégie sur laquelle repose le « big bang » allemand provoqué par Fukushima, et l'AIE, dans son *World Energy Outlook*, va jusqu'à annoncer un « âge d'or du gaz ».

L'autre voie consiste à capter et stocker le CO_2 émis soit lors de la génération électrique, soit dans le processus de production de certaines industries lourdes (sidérurgie, cimenterie, chimie...). Le CO_2 est au final stocké dans des aquifères salins, des réservoirs de pétrole ou de gaz ou dans des bassins sédimentaires marins. L'idéal est que les sites de stockage final soient situés à proximité des lieux de production du CO_2, afin d'éviter son transport par gazoduc. Mais ces conditions idéales ne pourront pas être toujours respectées en cas de développement à grande échelle. Selon le Global CCS Institute, deux cents projets sont actuellement à l'étude au niveau mondial, souvent à une échelle réduite et pour réaliser des tests. Il est trop tôt pour pronostiquer la place que prendra réellement cette filière, à la fois parce que, au stade du démonstrateur, les futurs coûts sont encore incertains et parce que sa compétitivité dépendra du coût du CO_2.

Le drame de Fukushima pourrait marquer un coup d'arrêt au renouveau du nucléaire qui s'annonçait. Nous ignorons encore quelle place conservera le nucléaire dans les mix énergétiques et, par conséquent, quel rôle sera joué par cette filière dans la transition énergétique. Dans les années 1970, le développement du nucléaire est apparu comme antinomique avec celui des énergies renouvelables. Dans les années 2000, les termes du débat ont été modifiés du fait de la menace climatique, et une alliance de circonstance (dictée aussi par le pragmatisme) s'est esquissée entre nucléaire et renouvelables en tant que filières faiblement carbonées. La suite est incertaine, comme on l'a dit. Les grands émergents, Chine et Inde, faisant face au « mur » de leurs besoins énergétiques garderont très certainement une place très significative pour le nucléaire dans leurs futurs investissements (mais pour quelques fractions seulement de leurs bilans énergétiques). Dans les pays de l'OCDE, l'acceptabilité du nucléaire par la population sera plus délicate et, économiquement, le renforcement des exigences de sécurité accroîtra le coût du kilowatt-heure sortant des centrales nucléaires. Toutefois, de nouvelles considérations apparaîtront une fois que Fukushima sera considéré avec recul et, singulièrement, en Europe. Une forte décroissance du nucléaire dans le bilan énergétique européen ne pourrait s'envisager que par des actions coordonnées. Si, par hypothèse, la France cherchait à réduire le poids du nucléaire de façon aussi brutale que l'Allemagne, le chaos énergétique menacerait le cœur de l'Europe. Par ailleurs, des contraintes liées au coût de l'électricité produite et à la sécurité d'approvisionnement (moins de nucléaire signifiant plus d'importation de gaz dans le moyen terme) pèseront également dans le débat sur la place de l'atome. Enfin, les gains en efficacité constituent la partie « immergée » de l'effort à accomplir pour réussir la transition énergétique, comme nous le détaillerons ensuite dans le contexte européen (cf. chapitre V). Comme l'indique l'AIE (et ce point fait consensus), le potentiel « d'abattement » des émissions est ici le plus élevé et avec les moyens à mettre en œuvre qui sont sans doute les moins coûteux. Ce qui a fait dire à Steven Chu, le secrétaire d'État à l'Énergie américain, qu'il s'agissait d'un « *low hanging fruit* », d'un fruit sur une branche basse, à portée de la main. L'Europe et le Japon ont déjà fait la preuve de grands progrès. Rien que sur le « Vieux Continent », la quantité d'énergie dépensée pour produire un euro de PIB a été pratiquement divisée par deux depuis 1990.

Toutefois, un fossé apparaît entre les ambitions (70 % des pays ont défini des objectifs d'amélioration de l'efficacité) et les réalisations. Une des difficultés naît de la fragmentation des efforts à accomplir, de par la multiplicité des infrastructures concernées (bâtiment, transport, industrie...), qu'elles soient nouvelles ou, et c'est alors plus délicat, anciennes. Comme l'énergie est instillée partout, gagner en efficacité suppose de mettre en œuvre des dispositifs (offre d'équipements, de services, de formation...) adaptés pour extraire les gains dans ces ramifications et d'y dédier des financements très conséquents. Il est à craindre que le « fruit » ne pende pas si bas dans l'arbre...

SAVOIR GARDER LE CAP DANS LES TURBULENCES ÉCONOMIQUES

La transition énergétique qui conduit jusqu'à la « nouvelle frontière » sera un long pèlerinage. D'autant plus long que, même irrigué par des *super grids* et des *smart grids*, chaque territoire aura la charge d'inventer son propre modèle en fonction de ressources, de l'éolien au solaire, en passant par la géothermie et (évidemment) la force des océans, qui ne seront pas uniformément distribuées. Même si la mappemonde des énergies renouvelables exclura moins de peuples que celle des énergies fossiles, de leur diversité naîtra une mosaïque de solutions au défi de la décarbonisation. S'il est vrai que « l'ennui naquit un jour de l'uniformité », la transition énergétique créera donc beaucoup d'animation... Nous avons une image de cette diversité en Europe avec, pour ne citer que les trois principales économies, des stratégies extraordinairement différenciées (et non coordonnées) entre l'Allemagne, la France et la Grande-Bretagne et, de plus en plus, au sein même des territoires qui composent chacun de ces pays.

Les progrès enregistrés au cours des toutes dernières années, mesurables à l'accélération des investissements dans les renouvelables (240 milliards de dollars au niveau mondial en 2010, soit trois fois plus qu'en 2005), laissent pourtant l'observateur indécis et, parfois, perplexe. D'un côté, cette amorce de décollage constitue un formidable encouragement : alors que les scientifiques du climat ont publié leur premier rapport d'alerte en 1990, le message semble enfin reçu, près de cent pays ont défini des objectifs concernant le poids des renouvelables dans leurs usages de l'énergie (production d'électricité, de chaleur, transport). Certains outils se sont banalisés : soixante États appliquent ainsi des tarifs de rachat. Les collectivités territoriales, régions, villes se sont également saisies de la menace en définissant leur propre feuille de route, souvent avec volontarisme. Mais, dans le même temps, l'observateur perd son bel enthousiasme en constatant que les négociations climatiques ressemblent étrangement à des négociations commerciales sans fin, comme celles qui sont en cours sous l'égide de l'OMC depuis le début du cycle de Doha en 2001 et... officiellement suspendues en 2006.

L'absence d'accord global sur le climat est une préoccupation majeure pour les investisseurs (et les rend myopes : le prix « directeur » du CO_2 en dépend), préoccupation à laquelle s'ajoute la rigueur sur les budgets publics qui est un véritable « stress-test » pour les politiques de croissance verte[1]. La réduction des déficits est devenue une priorité qui menace l'argent public orienté vers les filières renouvelables ou les incitations à l'efficacité. Ces pressions fragilisent la cohérence des politiques publiques, ainsi que les industries naissantes qui dépendent de leur soutien et hypothèquent les efforts de R & D qui devraient être multipliés au moins par deux pour réduire drastiquement les émissions en 2050[2].

Certes, la crise oblige à compter l'argent public avec d'autant plus de vigilance et à s'assurer de l'efficacité des sommes engagées au regard des objectifs visés et les États, tout particulièrement européens, sont tenus de clairement hiérarchiser leurs priorités en fonction de l'effet de levier de la dépense publique. Mais, ce faisant, les autorités

1. Conseil économique pour le développement durable, *Le financement de la croissance verte*, 2011.

2. GIEC, *Special Report on Renewable Energy Sources and Climate Change Mitigation*, 2011.

publiques doivent garder en vue que leurs actions au service de la « croissance verte » peuvent leur valoir un « double dividende »[1]. Une fiscalité verte (taxe carbone, par exemple) ou des permis négociables vendus aux enchères permettent à la fois d'orienter les investissements en faveur des énergies renouvelables et/ou de l'efficacité énergétique et de dégager des marges dans la redistribution de ces recettes (en faveur de la consolidation budgétaire ou de l'emploi).

L'exemple nous est donné par la Suède qui a introduit une taxe carbone dans les années 1990, en période de grave crise économique : forte récession sur fond d'explosion du chômage et de la dette publique (de 46 à 81 % du PIB). La mise en place d'une taxe carbone et la redéfinition de la fiscalité énergétique ont permis de dégager des ressources budgétaires importantes utilisées, selon les périodes, pour alléger les charges sociales ou la fiscalité sur le revenu. Depuis 1990, le PIB de la Suède a augmenté de 50 %, ses émissions de CO_2 ont diminué de 10 %[2], et les agences de notation la créditent toujours d'un AAA...

1. Conseil économique pour le développement durable, *Le financement de la croissance verte*, 2011.

2. Christian de Perthuis et Jeremy Elbeze, *Vingt ans de taxation du carbone en Europe : les leçons de l'expérience*, Cahiers de la Chaire Économie du Climat, avril 2011.

Chapitre V

UNE EUROPE DE L'ÉNERGIE... EN DEVENIR

L'accident de Fukushima a vite suscité, en Europe, des réponses essentiellement nationales, non coordonnées et peu harmonisées. Après la Suisse, ce fut l'Italie qui annonce le report *sine die* de ses projets de relance nucléaire, et enfin l'Allemagne qui, le 30 juin 2011, adopte à une très large majorité du Bundestag la décision de fermer dans dix ans le dernier de ses dix-sept réacteurs. Deux camps se dessinent : ceux qui refusent clairement le nucléaire et ceux qui souhaitent maintenir et même développer ce type de production électrique (France, Grande-Bretagne, Pologne, Finlande, République tchèque, Lituanie...).

Ces options apparaissent, à première vue, antinomiques et irréconciliables. De notre point de vue, elles confirment surtout que les choix énergétiques restent un symbole même de souveraineté nationale, des ambitions politiques des États et de façon plus générale de la « *Realpolitik* » des intérêts nationaux. Dans une période d'incertitude en matière d'approvisionnement, le « nationalisme énergétique » cherche à rassurer les citoyens sur les vertus de son modèle, à garantir la sécurité des approvisionnements et à contrôler les modes de production et les routes de transport.

Le « divorce » énergétique est-il pour autant consommé au sein des 27 et la perspective d'une « Europe de l'énergie » condamnée ? Rien n'est moins sûr. Les diversités énergétiques européennes apparaissent comme autant de complémentarités, et surtout un certain nombre de défis globaux ne peuvent trouver réponses que grâce à des politiques communes, des initiatives engageant l'ensemble des États européens. L'Europe, de ce point de vue, n'a pas à rougir du passé. Parmi les premières puissances mondiales, elle a conçu dès 2007 un projet ambitieux, le « paquet énergie-climat », illustré par trois objectifs forts, les « trois fois vingt », déjà évoqués.

Cette vision énergétique, fondée sur la dynamique créée par le marché intérieur, place l'Union européenne à l'avant-garde du combat pour promouvoir l'efficacité énergétique et le développement des énergies renouvelables, c'est-à-dire pour relever les défis énoncés au précédent chapitre.

L'EUROPE ÉNERGÉTIQUE : UNE MOSAÏQUE

L'agrégation des données énergétiques des 27 révèle la profonde diversité des États membres. Le bilan énergétique de chacun dépend de sa situation géographique, et de ses propres atouts et faiblesses, tant au niveau de ses ressources intérieures que de ses approvisionnements extérieurs.

Mais une chose est sûre : le débat énergétique entre États européens ne peut être circonscrit à une opposition « nucléaire *versus* renouvelable », comme cela est souvent présenté. En effet, le pétrole, le gaz et le charbon sont aujourd'hui les « composants » énergétiques dominants de l'Europe. Les énergies fossiles constituent près de 80 % du bouquet énergétique européen (37,6 % pour le pétrole, 23,5 % pour le gaz et 18,1 % pour le charbon)[1]. Et l'Europe, faut-il le rappeler, est pauvre en la matière ! Nous ne possédons que 7,3 % des réserves mondiales de charbon, 2 % de celles de gaz et 0,6 % de celles de pétrole. Ces énergies fossiles sont donc très majoritairement importées, ce qui nous place en situation de dépendance économique et financière. Près de 55 % de notre énergie vient de ressources extra-européennes, certaines prévisions évoquant 70 %

1. Eurostat, consultation : 30 janvier 2009.

à l'horizon 2030. Tout ceci a un coût : en 2011, les achats annuels de l'UE en pétrole et en gaz s'élèvent respectivement à 270 et 40 milliards d'euros.

Figure 5

Diversité des bilans énergétiques
des principaux pays européens*
et niveaux respectifs de dépendance énergétique

	PÉTROLE*	GAZ*	CHARBON*	NUCLÉAIRE*	ÉNERGIES* RENOUVELABLES	Dépendance énergétique (%)
Allemagne	35	22	24	11	9	60,9
Belgique	41	25	7	20	4	79,5
Danemark	41	21	20		18	22,3
Espagne	48	25	10	11	8	81,4
Finlande	30	11	14	16	25	55,0
France	33	15	5	41	7	51,2
Hongrie	27	39	11	14	6	63,7
Italie	43	38	9		8	85,4
Pays-Bas	42	42	10	1	4	34,6
Pologne	26	13	56		6	30,4
Portugal	52	17	10		18	83,0
République tchèque	22	16	44	15	5	27,6
Royaume-Uni	36	39	16	6	3	26,1
Suède	29	2	5	33	32	38,0
UE 27	36	24	17	13	8	54,8

* en % de la consommation d'énergie primaire

Source : Eurostat, *Energy, Transport and Environment Indicators*, Pocketbook, 2010.

Concernant le pétrole, principale source d'énergie dans l'Union européenne, les taux de dépendance sont élevés, souvent supérieurs à 90 %, mais les sources d'approvisionnement sont diversifiées. En France, par exemple, les approvisionnements se répartissent entre le Moyen-Orient, l'Afrique du Nord, la mer du Nord et la Russie, réduisant par là même le risque de défaillance d'un partenaire.

Dans le secteur du gaz, le niveau général de dépendance de l'Europe n'est « que » de 62,3 %, ce qui relativise le sombre tableau global parfois dressé par certains. Ce résultat s'explique par le fait que l'Union couvre le quart de sa consommation, grâce aux gisements de la mer du Nord et des Pays-Bas. L'Allemagne, la France et l'Italie sont les trois pays qui importent le plus de gaz, leur consommation ayant crû de 53 % sur les dix dernières années. Seuls le Danemark et les Pays-Bas sont exportateurs nets de gaz. Les besoins européens en gaz sont couverts par des importations en provenance principalement de Russie, d'Algérie et de Norvège. Derrière cette moyenne européenne, une réalité : la dépendance totale de certains États membres à l'égard du gaz russe et de l'ancienne puissance tutélaire. 100 % des importations de gaz en Pologne proviennent de Russie, ainsi que 100 % du gaz consommé en Finlande, et dans les trois pays baltes !

Quant au charbon, il est la troisième ressource énergétique primaire la plus utilisée en Europe. Considérée comme peu rentable dans les années 1980-1990, cette énergie fossile reprend progressivement une place de choix dans le mix énergétique européen, à la faveur des cours volatils du pétrole et de la hausse des prix du gaz. Il représente l'énergie centrale en Grèce, en Allemagne, mais aussi dans une majorité de pays d'Europe centrale et orientale, dont la Pologne. Mais le charbon et ses dérivés (lignite notamment) restent une énergie très polluante, qui alourdit considérablement le bilan environnemental des pays qui l'utilisent en grande quantité. Les États membres étant soumis au respect du protocole de Kyoto et aux engagements du « paquet énergie-climat », ils considèrent en général le charbon comme une solution « par défaut » pour compléter leur mix énergétique.

Le nucléaire est la quatrième source d'énergie utilisée en Europe, mais là aussi de manière très hétérogène. Leader européen, la France compte cinquante-huit réacteurs nucléaires, qui fournissent 75 % de l'électricité du pays. Le développement de son parc électronucléaire permet à notre pays de couvrir 40 % de ses besoins primaires en énergie, ce qui est le chiffre le plus élevé en Europe. Elle est suivie de près par la Suède (33 %, dix centrales). Dans les autres pays dotés de centrales nucléaires le niveau de couverture des besoins par la production nucléaire oscille entre 6 % (Royaume-Uni) et 20 % (Belgique).

Enfin, les énergies renouvelables sont pour leur part exploitées jusqu'ici dans des pays du sud de l'Europe (Espagne, Portugal) et du nord (Lettonie, Danemark), ainsi qu'en Autriche, Italie et Suède, pays disposant d'un large parc de centrales hydroélectriques. Appelée à se développer massivement dans tous les pays de l'Union, leur part dans la consommation intérieure brute d'énergie de l'UE a déjà quasiment doublé en dix ans, de 5 % en 1999 à 9 % en 2009.

Cette diversité induit deux questions, éminemment politiques :

— Faut-il, peut-on aligner les choix énergétiques nationaux et obtenir ainsi un consensus majoritaire autour d'un « bouquet » énergétique européen relativement homogène ?

— La diversité des 27 fragilise-t-elle la sécurité énergétique de l'Europe ?

En réponse à la première question, point d'illusion. Les préférences nationales resteront ce qu'elles sont ; et la « polémique » franco-allemande de 2011 sur le modèle énergétique le plus pertinent (nucléaire versus renouvelables) montre à quel point il serait vain d'imposer, par en haut, un modèle européen uniformisé.

Concernant le deuxième point, la réponse est double : la diversité des choix énergétiques des 27 pourrait fragiliser la sécurité énergétique de l'UE si chaque pays limitait son champ de vision à ses propres intérêts et à son bilan énergétique national, et traitait unilatéralement de ses approvisionnements. En revanche, la diversité n'est pas pénalisante si elle s'accompagne d'une vraie politique énergétique extérieure commune, et d'une valorisation des complémentarités — réelles — entre pays, via notamment les grands réseaux de transport d'énergie qui irriguent l'Europe.

Malheureusement, pour ne prendre que cet exemple, l'attitude récente des Européens en matière d'approvisionnement gazier est révélatrice des difficultés à faire émerger cette vraie « diplomatie » énergétique commune. Invoquant des litiges de transit en Ukraine, les Russes décident, en janvier 2006, de suspendre l'approvisionnement de l'Europe, ce qui frappe durement certains États membres : la quatrième puissance économique européenne, l'Italie, est ainsi obligée de puiser en urgence dans ses stocks stratégiques (l'Italie importe 87 % de ses besoins en énergie ; 60 % de sa production électrique est assurée par des centrales au gaz). *Bis repetita* en janvier 2009 : les autorités russes bloquent pendant quinze jours l'approvisionnement gazier de l'Europe, dans un nouvel épisode de cette « guerre sans missiles et sans blindés »[1].

Leçon de ces événements : alors qu'on aurait pu espérer que les 27 se mettent derrière le seul « drapeau » de l'Union pour peser de tout leur poids dans les relations futures avec les autorités russes et Gazprom, on assiste depuis au renforcement des relations bilatérales. Berlin mise notamment sur un partenariat privilégié avec la CEI

1. Vadim Karassev, directeur de l'Institut des stratégies globales de Kiev, cité par Marie Jégo *in* « Crise du gaz : quelles séquelles ? », *Le Monde*, 21 janvier 2009.

pour alimenter ses centrales au gaz. L'Union européenne est, en conséquence, bien à mal pour faire aboutir ses propres projets de gazoduc Transcaspien (reliant le Turkménistan à l'Azerbaïdjan) ou Nabucco (reliant l'Iran à l'Autriche et l'Allemagne, en passant par la Turquie, la Bulgarie, la Roumanie et la Hongrie). Et malgré la volonté réaffirmée de la Commission européenne, l'Union laisse la voie libre à la stratégie russe de maîtrise des voies d'approvisionnement via les deux gazoducs qui permettront, demain, de court-circuiter partiellement la Biélorussie et l'Ukraine (et la Pologne...) : « Nord Stream », dont les 1 224 kilomètres relient depuis octobre 2011 Saint-Pétersbourg au port allemand de Greifswald (situé sur la Baltique), et « South Stream », projet développé conjointement par l'italien ENI (20 %), EDF (15 %), l'allemand Wintershall (15 %) et Gazprom, qui doit permettre d'approvisionner en gaz de la mer Caspienne, dès 2015, le sud-est de l'Europe (3 à 6 milliards de mètres cubes par an).

Pour réaffirmer une démarche commune, la présidence française de l'Union avait avancé, en 2008, l'idée de création d'une « centrale d'achat de gaz », sans succès. On pourrait aussi envisager, comme c'est le cas pour le pétrole, des dispositifs organisant la constitution de réserves stratégiques, chaque pays membre ayant l'obligation de maintenir sur son territoire ces stocks stratégiques, de les financer et de disposer des outils réglementaires pour en forcer la mise sur le marché en cas de décision collective de l'Union. Les entreprises gazières pourraient enfin être incitées à plus recourir à des contrats « interruptibles »[1].

En fait, l'enjeu est surtout la capacité politique de l'Union, en cas de crise énergétique majeure, à piloter le navire « Europe » et à éviter que les intérêts nationaux (notamment industriels) supplantent la parole commune. Le développement de nouvelles sources d'énergie renouvelables, en substitution des énergies fossiles, l'intensification des interconnexions et le développement industriel des *smart grids*, ainsi qu'une gestion de la demande plus efficace concourront, demain, à une plus grande sécurité énergétique de l'espace européen. Mais la mise en œuvre de ces différents chantiers nécessitera au mieux une dizaine d'années, ce qui ne résout pas à court terme la fragilité européenne et l'exposition de ses 500 millions de citoyens aux crises énergétiques mondiales.

LES GRANDS CHANTIERS COMMUNS

Finaliser le marché intérieur de l'énergie

L'Europe est née par et pour l'énergie, grâce aux Traités instituant en 1951 la CECA[2], puis

1. Hypothèse développée notamment par Claude Mandil, in *Sécurité énergétique et Union européenne. Propositions pour la Présidence française*, La Documentation française, 2008.

2. Le premier Traité européen fut signé à Paris le 18 avril

en 1957 la CEEA[1]. Mais au-delà de ces textes « sectoriels », il faut attendre le Traité de Maastricht (1992) pour que la Communauté européenne soit dotée de compétences pour prendre « des mesures dans les domaines de l'énergie, de la protection civile et du tourisme » (article 3, point t) et contribuer au développement « de réseaux transeuropéens de transport, de télécommunication et d'énergie » (article 129B). Le changement le plus profond ressort cependant de l'article 129C de ce Traité qui dispose que « dans le cadre d'un système de marchés ouverts et concurrentiels, l'action de la Communauté vise à favoriser l'interconnexion et l'interopérabilité des réseaux nationaux ainsi que l'accès à ces réseaux ». Cet article est « l'acte de naissance » du marché intérieur de l'énergie, anticipé par une étude prospective sur le coût de la non-Europe, confiée en 1988 au professeur Cecchini et qui montrait que la réalisation d'un grand marché énergétique permettrait un gain de croissance annuel du PIB européen de 0,5 %, ainsi qu'un renforcement de la solidarité et de la sécurité d'approvisionnement entre États membres.

Dès décembre 1996, de nombreux règlements

1951, il établit la Communauté européenne du charbon et de l'acier (CECA) qui place la production et les conditions de vente de ces deux matières sous le contrôle d'une autorité supranationale, la Haute Autorité, ancêtre de la Commission européenne.

1. Un deuxième Traité « énergétique » est signé à Rome le 25 mars 1957, instituant la Communauté européenne de l'énergie atomique (CEEA).

et directives sectorielles, regroupés dans différents « paquets », ont en conséquence progressivement ouvert les marchés nationaux de l'électricité et du gaz, en permettant — théoriquement — à tout consommateur européen, industriel ou particulier, de s'approvisionner librement auprès du fournisseur de son choix, quel que soit son pays d'origine.

Nous ne ferons pas ici le bilan exhaustif — controversé — du mouvement enclenché alors de décloisonnement des marchés nationaux et de désintégration des opérateurs énergétiques[1]. Sauf à mentionner que les détracteurs de la construction du marché intérieur de l'énergie le critiquent en invoquant une baisse des prix qui n'est pas au rendez-vous, et un gaspillage de raretés potentielles, générateur d'inefficacité. Alors que ses partisans dénoncent les freins à l'ouverture, le comportement « protectionniste » de certains pays, et la prédominance en Europe d'opérateurs oligopolistiques, de « champions nationaux ».

De fait, la concurrence créée est souvent restée au mieux interne à chaque pays, et les marchés de l'électricité et du gaz fonctionnent plus aujourd'hui comme une juxtaposition de marchés (et de grands opérateurs) nationaux que comme un seul marché intégré européen.

Des progrès significatifs ont toutefois été engrangés ces dernières années. Fin 2010, les gestionnai-

1. Sur ce point, voir notamment Michel Derdevet, *L'Europe en panne d'énergie. Pour une politique énergétique commune*, *op. cit.*

res de réseau de transport et les bourses d'électricité ont innové en lançant un « couplage par les prix » sur cinq pays (France, Belgique, Pays-Bas, Allemagne et Luxembourg), mécanisme qui harmonise les prix de l'électricité. Les gestionnaires de réseau de transport et les bourses concernées de dix pays — la Belgique, la France, le Luxembourg, l'Allemagne, les Pays-Bas, le Danemark, la Suède, la Finlande, la Norvège et l'Estonie — ont aussi mis en place un « couplage de marché » par les volumes, créant ainsi potentiellement le plus grand marché d'électricité au monde (avec un volume d'échange virtuel de plus de 1 800 TWh, ce marché équivaut à 60 % de la consommation d'électricité européenne, c'est-à-dire la consommation de 200 millions d'habitants.

Tout cela va dans le bon sens. Mais certains États ont pris du retard dans la mise en œuvre des règles communes et la législation européenne sur l'électricité et le gaz n'est toujours pas correctement et complètement transposée au sein des 27. Or un marché intérieur de l'énergie qui fonctionnerait correctement donnerait à l'évidence de bons signaux d'investissement et aurait des effets clairement positifs pour les consommateurs d'électricité et de gaz dans l'ensemble de l'UE. Les dirigeants européens se sont en conséquence engagés en février 2011 à achever ce grand chantier d'ici 2014, finalisant ainsi la dynamique institutionnelle forte qui le caractérise.

Au-delà des progrès à venir au sein du marché intérieur, l'Union européenne doit se concentrer désormais sur quelques chantiers prioritaires, tels que le renforcement de ses interconnexions, qui accroissent la sécurité des approvisionnements, l'efficacité énergétique, la réduction des émissions de CO_2 et la pauvreté énergétique. Dans ces domaines, l'action commune peut apporter un bénéfice collectif aux citoyens européens, qui d'ailleurs approuvent cette démarche. Au terme d'une grande enquête réalisée pour le Parlement européen au premier semestre 2011[1], 60 % des Européens souhaitent plus de politique européenne de l'énergie, et 80 % sont favorables à des objectifs contraignants pour les États permettant d'économiser 20 % d'énergie (cf. *infra*) à l'horizon 2020.

Mieux et moins consommer : plus d'efficacité énergétique

L'efficacité énergétique, comme expliqué au chapitre précédent, c'est à la fois réduire la consommation d'énergie et mieux l'utiliser en encourageant les comportements sobres et les techniques moins coûteuses en énergie.

Dès mars 2007, dans le « paquet énergie-climat », l'Europe s'est fixée comme but de réduire, à l'horizon 2020, de 20 % sa consommation énergétique.

1. Enquête effectuée en deux vagues auprès d'un échantillon de 26 836 citoyens européens représentatifs des 27 États membres.

Faute de dispositions contraignantes pour les États, cet objectif semble aujourd'hui compromis. Or nous aurions besoin d'une grande impulsion européenne, avec la force juridique que le droit communautaire permet, pour aller de l'avant[1]. C'est tout l'enjeu des textes en discussion actuellement au plan communautaire, que nous avons détaillés précédemment (cf. chapitre III). Les bâtiments (39 % de la consommation finale d'énergie en Europe), les transports (30 %) ou l'industrie (25 %) sont en attente de véritables orientations communes. Le potentiel d'économie d'énergie est considérable : il est ainsi estimé que le secteur industriel pourrait réduire de 19 % sa consommation et le secteur des transports de 20 %. Pour chaque ménage, les économies d'énergie pourraient s'élever à 1 000 euros par an.

Des obstacles existent cependant. Les marchés demeurent assez largement cloisonnés, les investissements publics nécessaires pour mettre l'habitat aux nouvelles normes énergétiques sont insuffisants, les investisseurs privés ne perçoivent pas les opportunités économiques que représente l'efficacité énergétique[2], les plans nationaux et locaux de déplacement accordent une place insuf-

1. Pour mémoire, le droit européen est supérieur aux droits nationaux, et a un effet direct sur les citoyens et les économies européennes.

2. En France, le coût annuel de la rénovation de 400 000 logements, dans le cadre du programme national de rénovation urbaine, est de 1,2 milliard d'euros.

fisante aux transports publics, l'énergie urbaine (chauffage/refroidissement) n'est pas dans la « culture » de tous les pays... Mais on ne saurait aussi ignorer les gains de croissance qui pourraient résulter de la création d'un grand marché européen des « technologies vertes ». L'Allemagne se classe ainsi, déjà, parmi les premiers exportateurs mondiaux de biens environnementaux, avec un volume d'exportations de près de 60 milliards d'euros.

Conforter l'engagement européen pour un monde durable

En juin 2012, quelques semaines après le deuxième tour de l'élection présidentielle française, nous fêterons le vingtième anniversaire du Sommet de la Terre de Rio, qui constitua le premier acte de la mobilisation mondiale contre le changement climatique, et aboutit en 1997 à la signature du protocole de Kyoto. Force est de constater que l'Europe a joué, depuis, un rôle leader en la matière, se positionnant à l'avant-garde d'un vrai mouvement multilatéral de transition économique et politique. Par sa signature, sa ratification et la mise en œuvre du protocole de Kyoto, elle entraîna dans son sillon quelques grands pollueurs, comme la Russie.

Lors du Conseil européen de décembre 2008, elle adopta un compromis « historique » entre les tensions politiques et économiques en cours au sein de l'Union, en adoptant notamment le « paquet énergie-climat », comprenant l'objectif de réduction de 20 % des émissions de CO_2 à l'horizon 2020. Cet objectif a été prolongé depuis, puisque la « cible » désormais préconisée est une réduction des émissions de gaz à effet de serre comprise entre 80 et 95 % d'ici 2050 (par rapport à leur niveau de 1990)[1]. Sachant que l'électricité a une place centrale en la matière, et que la Commission prévoit à l'horizon 2050 une élimination quasi-totale des émissions de CO_2 liées aux moyens de production électriques, on voit difficilement comment l'Europe pourrait ne s'appuyer que sur un mix « charbon-gaz-renouvelable », et faire totalement l'impasse sur le nucléaire.

Pour atteindre ses objectifs, l'Europe a mis en place dès 2005 un système original de « marché du carbone », d'échange de quotas d'émission, visant à réduire les émissions globales de CO_2 en les valorisant. Ce mécanisme couvre aujourd'hui plus de 10 000 sites industriels, responsables de la moitié des émissions de CO_2 de l'Union. Afin de remplir l'objectif commun de réduction des émissions de 20 % à l'horizon 2020, un plafond unique européen sera fixé à partir de 2013, et les quotas deviendront à cette échéance payants. Ce marché de permis européen, novateur, est aujourd'hui le plus important dans le monde[2].

1. Feuille de route de la Commission européenne pour une Europe compétitive et sobre en carbone d'ici 2050, 8 mars 2011.

2. Bluenext, la « Bourse du Carbone », est une filiale de Nyse Euronext, située à Paris.

Il faudra à l'avenir poursuivre dans cette voie avec lucidité, car l'effort de rattrapage principal par rapport aux émissions de 1990 portera essentiellement sur les pays d'Europe centrale et orientale. La mise en conformité par les nouveaux États membres de leurs structures de production aux exigences environnementales de l'Union a été évaluée par la Cour des comptes européenne entre 79 et 110 milliards d'euros. Or le soutien apporté par l'Union aux efforts d'adaptation des nouveaux États membres n'a pas dépassé 15 % du total des investissements réalisés. Par ailleurs, ces nouveaux États membres craignent que l'adoption d'engagements trop ambitieux en matière d'émissions de CO_2 ne favorise la consommation de gaz plutôt que de charbon, accroissant ainsi leur dépendance à l'égard de leur principal fournisseur, la Russie.

Un des leviers pour limiter les émissions de CO_2 sera sans doute la fiscalité écologique (cf. chapitre III). La directive actuelle sur la taxation de l'énergie (DTE), qui date de 2003, taxe les produits énergétiques, mais uniquement en fonction du volume d'énergie consommé. La Commission propose d'ajouter comme critères au 1er janvier 2013 les émissions de CO_2 liées à chaque produit énergétique et d'intégrer son contenu énergétique, c'est-à-dire l'énergie réelle que ce produit permet d'obtenir. En orientant le choix des consommateurs vers des énergies « propres », cette nouvelle approche fiscale pourrait faire économiser 92 millions de tonnes de CO_2 et restreindre de 2 % les émissions totales de l'Union européenne. Reste à savoir, la fiscalité requérant l'accord unanime du Conseil, si les 27 États membres suivront…

La mobilisation européenne en faveur de l'environnement ne traduit pas seulement une nouvelle forme de « philanthropie politique » ; il s'agit bien d'un enjeu industriel. Il est nécessaire de consolider le leadership européen dans les énergies propres. L'Union européenne est déjà en avance dans le domaine des technologies renouvelables (les entreprises européennes détiennent, par exemple, 60 % du marché mondial de l'éolien…) ; elle peut demain dominer le marché mondial des technologies énergétiques à faible taux d'émission de carbone, qui connaît une croissance rapide. Cela supposera, notamment, de renforcer les programmes de R & D, qui doivent couvrir tout le champ des moyens de production décarbonés (ENR, mais aussi nucléaire, capture et séquestration du carbone…). Une chose est sûre : « Le pays qui maîtrisera les énergies propres et renouvelables dirigera le XXIe siècle », selon la vision énoncée par Barack Obama.

Faire reculer la pauvreté énergétique, un enjeu de solidarité majeur

Un ménage français dépense en moyenne 2 400 euros par an pour s'éclairer, se chauffer, faire fonctionner les appareils électroménagers, se déplacer. Ces achats d'énergie permettent de satisfaire des besoins essentiels. Cette facture pourrait être divisée par deux grâce à une rationalisation des comportements : des installations de chauffage adaptées, une bonne isolation, des appareils basse consommation, sans oublier l'entretien de son véhicule, de sa maison, et les bons réflexes !

Cette facture représente, en moyenne, un peu plus de 8 % du budget des ménages, avec une répartition entre les dépenses concernant le logement (4,6 %) et celles concernant le transport individuel (3,6 %). Ces chiffres placent l'énergie au même niveau que les dépenses de loisir et de culture ou encore que celles de l'habillement. Cette charge a peu évolué sur les vingt dernières années mais elle pourrait s'alourdir après les élections présidentielles du fait des retards accumulés dans les augmentations de tarif du gaz et de l'électricité.

Si la part des dépenses énergétiques a peu varié, en revanche les inégalités de situations se sont aggravées entre les ménages modestes et les ménages riches, entre la ville et la campagne, entre les jeunes et les personnes âgées, en fonction du type d'habitat. L'ADEME a bien relevé ces inégalités : « la facture énergétique d'un Parisien est inférieure de 44 % à celle d'un habitant en commune rurale », ou encore « la part des achats de combustibles fossiles dans le revenu des ménages peut être multiplié par six entre un riche citadin et un rural pauvre »[1].

La question de la pauvreté ou de la précarité énergétique et de son traitement est donc posée. Les deux termes sont utilisés d'une façon indifférenciée et cela mériterait un travail conceptuel plus approfondi. La pauvreté fait allusion à un état, la précarité à une situation temporaire. La dynamique de la pauvreté énergétique fait intervenir des facteurs exogènes (évolution des prix, conjoncture économique) et des facteurs endogènes (choix de vie, de localisation, de logement, vieillissement, évolution des revenus). En France, un groupe de travail sur la précarité énergétique avait été mis en place dans le cadre du Plan bâtiment du Grenelle de l'environnement et un rapport sur le sujet a été remis en janvier 2010. La France définit la précarité énergétique dans la loi du 12 juillet 2010 portant engagement national pour l'environnement : « Est en situation de précarité énergétique une personne qui éprouve dans son logement des difficultés particulières à disposer de la fourniture d'énergie nécessaire à la satisfaction de ses besoins élémentaires en raison de l'inadaptation de ses ressources ou conditions d'habitat »[2].

Plus de 13 % des foyers français, soit 3,4 millions de ménages, sont aujourd'hui considérés

1. ADEME, *Le poids des dépenses énergétiques dans le budget des ménages en France*, ADEME & Vous, avril 2008.

2. Loi « Grenelle 2 », article 11, alinéa 4.

comme étant en situation de précarité énergétique ; ils sont obligés de consacrer au moins 10 % de leurs revenus à l'achat d'énergie pour leur logement, afin de se chauffer correctement. Comme le rappelle le groupe de travail, ce phénomène résulte de la combinaison de trois facteurs principaux : la vulnérabilité des foyers à faibles revenus, la mauvaise qualité thermique des logements occupés et le coût croissant de l'énergie. Conjugués, ces éléments forment une spirale descendante : impayés, endettement progressif, coupures d'énergie, puis restriction et privation de chauffage. Dans le système français, des tarifs sociaux existent déjà dans le cadre du service public de l'électricité et du gaz mais la question de la précarité énergétique va bien au-delà des aides financières ponctuelles.

En 2010, le gouvernement a annoncé le lancement d'un « Engagement national contre la précarité énergétique » et la mise en place en 2011 d'un Observatoire national de la précarité énergétique. L'Observatoire travaille en partenariat avec l'ensemble des entités concernées (administrations, entreprises, ONG) et devrait permettre un diagnostic plus précis du phénomène et une définition des priorités d'actions à retenir avec une importante composante régionale.

Il existe donc bien aujourd'hui une volonté politique de s'attaquer à la précarité énergétique, un phénomène qui pourrait s'aggraver du fait des augmentations attendues des prix de l'énergie. Parmi les orientations actuelles, il faut souligner les actions entreprises dans le cadre du Plan européen pour la relance économique, dont l'une des mesures concerne l'amélioration de l'efficacité énergétique dans les bâtiments. Le FEDER mène un programme d'envergure dans ce cadre. Au 31 mars 2011, 50 000 ménages à revenu modeste ont bénéficié d'un soutien pour la rénovation thermique du logement. La baisse des dépenses de chauffage pour les ménages bénéficiaires est estimée de l'ordre de 40 %. Ce résultat montre que la lutte contre la précarité constitue une opportunité majeure d'amélioration de l'efficacité énergétique et de réduction des émissions de gaz à effet de serre.

Les actions de lutte contre la précarité se focalisent le plus souvent sur le logement, d'une façon assez classique. Un aspect nouveau de la précarité énergétique est aussi la dépendance croissante des ménages vis-à-vis de l'électricité, devenue bien essentiel. Le Cambridge Energy Research Associates (IHS-CERA) a bien mis en évidence la pauvreté (ou précarité) électrique qui tend à s'aggraver dans certains pays européens, une tendance qui pourrait continuer compte tenu des perspectives d'augmentation des prix de l'électricité. Là encore, la politique de lutte contre la précarité va bien au-delà des aides sociales ; ce sont les systèmes qu'il faut moderniser : *smart grids*, comptage, automatisation, tarification dynamique, stockage.

Ce sujet pourrait surtout être inscrit, prioritairement, parmi ceux traités au niveau européen.

Historiquement en effet, l'Europe n'est pas qu'un marché ; c'est aussi un espace solidaire, qui doit répondre aux attentes et aux préoccupations de ses habitants par des politiques communes. Or un nombre croissant d'Européens, parmi les plus démunis, ne peut plus aujourd'hui se chauffer ou s'éclairer correctement. Les dernières estimations de la Commission révèlent que 13 % des foyers européens, soit 65 millions d'Européens, sont en situation de pauvreté énergétique.

La précarité énergétique frappe ainsi aujourd'hui un Européen sur huit. Il est donc urgent que l'Europe se saisisse de ce sujet et remette les citoyens-consommateurs au cœur du jeu. Plusieurs axes de travail existent. L'information et la transparence sur les factures énergétiques, afin de permettre aux consommateurs de s'orienter vers les fournisseurs les moins chers ; la mise en œuvre de technologies innovantes autour des « compteurs intelligents ». Est aussi évoquée, opportunément, la mise en place d'un « bouclier énergétique européen », afin de garantir à tous les foyers en situation de pauvreté énergétique un accès minimum à l'énergie pour les usages essentiels.

La première étape, incontournable, est d'avoir une définition commune de la « pauvreté énergétique », qui n'existe pas aujourd'hui à l'échelle des 27. Les Anglais, souvent caricaturés pour leur « libéralisme », ont paradoxalement été les premiers à réfléchir sur cette « *fuel poverty* », définie chez eux comme la situation d'un foyer qui doit dépenser plus de 10 % de ses revenus pour chauffer son logement. Cette définition limite certes le diagnostic de la pauvreté au seul chauffage, excluant ainsi d'autres besoins essentiels tels que la cuisson ou l'eau chaude, mais au moins, c'est un début d'approche générale, dont l'Europe pourrait s'inspirer.

La précarité énergétique pourrait être définie comme affectant les foyers européens qui ne disposent pas d'un revenu suffisant pour acheter l'énergie nécessaire aux usages essentiels. Cela obligerait à distinguer les usages essentiels de l'énergie tels que la cuisson, l'éclairage, le chauffage, ou certains types de transports, des usages dit de confort ou de loisir tels que les voyages ou les équipements électroniques. Il faudrait ensuite réfléchir au faisceau de mesures permettant de garantir pour tous les foyers un accès à l'énergie pour ces usages essentiels. Deux axes de travail nous semblent importants : la réflexion sur les tarifs sociaux, jusqu'ici nationaux, doublée de la mise en place d'un « bouclier énergétique européen », ainsi que de mesures structurantes permettant de traiter le problème à la source en améliorant par exemple l'isolation des logements, cela rejoignant bien sûr toutes les actions engagées au titre de l'efficacité énergétique.

Dans une période où l'Europe est traversée par la crise et le doute, certains évoquent enfin une « Communauté européenne de l'énergie » qui pourrait consacrer aux yeux de tous la dimension stratégique et vitale de l'énergie (accessibilité, tarifs et prix abordables, régularité, fiabilité…), et incarner une Europe à l'écoute des siens, traitant de sujets proches des citoyens. Ce projet participerait d'une plus forte harmonisation sociale, souhaitable pour renforcer et redonner du sens au projet européen. Selon l'enquête réalisée pour le Parlement européen et citée plus haut, 81 % d'Européens souhaitent que la lutte contre la précarité énergétique soit inscrite parmi les priorités de l'Union.

LE RÔLE STRUCTURANT DES RÉSEAUX ET DES ÉCHANGES INTRA-EUROPÉENS

La force de l'Europe en matière de réseaux électriques est d'avoir constitué dès l'origine un vaste ensemble « mutualisé », allant de la frontière tunisienne aux franges de la CEI, interconnecté petit à petit depuis cinquante ans et qui sera demain au cœur de la transition énergétique engagée en Europe.

Aux États-Unis, par comparaison, le système électrique apparaît plus complexe et morcelé. Trois réseaux majeurs cohabitent, sans lien entre eux : un à l'ouest (Western Interconnection), un à l'est (Eastern Interconnection), l'État du Texas fonctionnant lui en « île électrique ».

À l'origine, ces interconnexions entre pays européens existaient afin de permettre un secours mutuel et une gestion optimale de la ressource électrique. La logique concurrentielle ou financière était secondaire. Les premiers échanges transnationaux d'énergie en Europe occidentale se firent entre 1907 et 1910, mais les États gardèrent le contrôle des interconnexions, et limitèrent les échanges d'électricité : les exportations furent critiquées pour leur dissipation de la ressource nationale, tandis que les importations furent suspectées — déjà ! — d'accroître la dépendance vis-à-vis de l'étranger[1]. Cependant, en 1937-1939, la France importait déjà 5 % de ses besoins électriques grâce aux interconnexions avec la Belgique, l'Allemagne et la Suisse.

Pivot du marché intérieur et des textes adoptés dans les années 1990, ce grand réseau électrique européen a accru depuis dix ans, de manière incontestable, à la fois le volume et la sécurité des échanges d'électricité entre les pays européens. À l'inverse, les pays non interconnectés, tels la Bulgarie, se sont retrouvés en grande difficulté lors de la crise gazière de janvier 2009. Cet exemple confirme qu'il faut poursuivre et amplifier le travail de « maillage » entre pays européens, que ce soit via des interconnexions électriques ou gazières, afin de partager et d'optimiser les ressources énergétiques, diverses, des 27 États membres.

1. Christophe Bouneau, Michel Derdevet et Jacques Percebois, *Les réseaux électriques au cœur de la civilisation industrielle*, *op. cit.*

Concernant la France, les quarante-six interconnexions qui nous relient électriquement à nos voisins européens nous permettent d'exporter, majoritairement (293 jours par an en 2010), mais aussi d'importer si besoin ; et ces périodes d'importation sont allées croissantes depuis 2004. La France est caractérisée, en effet, par une forte augmentation de la demande de pointe en hiver, pour laquelle nous faisons appel aux capacités disponibles dans d'autres pays. Nous ne sommes plus le « château d'eau électrique » de l'Europe décrit par certains ; nous procédons par échange avec nos voisins européens, au gré des disponibilités des moyens de production, des prix proposés par les différents acteurs, des capacités de transit et des aléas climatiques.

Figure 6

Échanges contractuels transfrontaliers de la France en 2010

	EXPORTATIONS (TWh)	IMPORTATIONS (TWh)
avec l'Allemagne	9,4	16,1
avec la Belgique	3,9	4,8
avec l'Espagne	1,9	3,5
avec la Grande-Bretagne	8,5	5,5
avec l'Italie	17,4	1,2
avec la Suisse	25,5	6,0
TOTAL	66,6	37,1

Source : RTE.

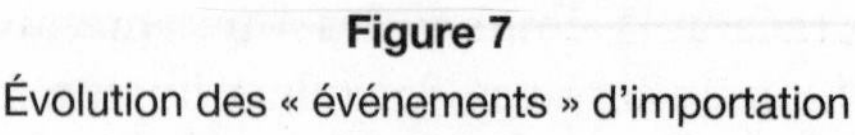

Figure 7

Évolution des « événements » d'importation

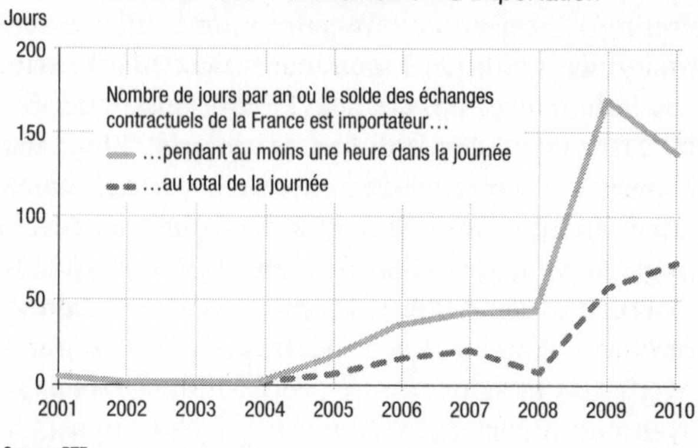

Source : RTE.

On ne peut donc plus raisonner aujourd'hui à la « maille » d'un pays, et la vigueur des échanges intra-européens est un atout industriel pour l'Europe. Y compris dans les complémentarités entre le nucléaire français et l'éolien espagnol ou allemand ! Le grand réseau interconnecté européen retrouve ainsi sa vocation première : permettre une mutualisation-optimisation intelligente des différents moyens de production disponibles.

Ces interconnexions sont aussi stratégiques pour mieux sécuriser les systèmes électriques nationaux. Elles permettent une réelle solidarité entre pays, notamment en cas d'incident ou de risque de panne. Les incidents graves survenus en Italie, le 28 septembre 2003, ou Allemagne, le 4 novembre 2006, ont montré à tous qu'elles permettaient d'éviter une grande panne européenne généralisée. Grâce au secours mutuel fourni par tous les pays limitrophes, ces incidents furent limités à moins d'une journée. Imagine-t-on la crise économique et politique engendrée si la solidarité européenne n'avait pas permis de faire aussi vite[1] ?

L'incident allemand du 4 novembre 2006 a aussi souligné la nécessité de renforcer le partage d'informations entre les opérateurs des différents pays. Il amena tout naturellement, dans les mois qui suivirent, à voir émerger des projets de coordination avancée, tel Coreso, le Centre de Coordination commun imaginé par RTE et Elia, les deux transporteurs d'électricité français et belge. Inaugurée en 2009, cette « tour de contrôle » des échanges électriques européens contribue au renforcement de la sécurité électrique en Europe, car elle fournit une vision consolidée des flux transfrontaliers sur la zone Centre Ouest Europe (France, Belgique, Pays-Bas, Allemagne et Luxembourg), et met à la disposition des centres nationaux de contrôle des éléments d'analyse prévisionnelle importants pour la sécurité des réseaux.

Mais au-delà du pilotage opérationnel renforcé, une nécessité évidente apparaît. Il faut mailler plus encore le réseau européen. Seulement 3 % de l'électricité produite est échangée par-dessus les frontières nationales, et l'Europe reste encore une

1. Le 4 novembre 2006, la coupure provisoire d'une ligne à haute tension en Allemagne, pour des raisons logistiques, a entraîné des pannes et des délestages dans toute l'Europe, d'Athènes à Gibraltar.

mosaïque de marchés nationaux ou régionaux. Afin de donner toute leur utilité aux interconnexions, le Conseil européen avait fixé en 2002 aux États membres un objectif de construction d'interconnexion équivalent à 10 % de leur capacité de production installée. Ce taux est dépassé dans certains pays européens puisque la France, par exemple, avoisine les 13 %. Mais certaines frontières électriques restent congestionnées, et surtout d'autres défis sont apparus ces dernières années.

L'essor massif des énergies renouvelables en mer du Nord, du solaire et de l'éolien dans le sud de l'Europe va exiger de nouvelles infrastructures, plus « intelligentes », pour les intégrer au mieux au grand réseau européen. Ces progrès sur les *smart grids* pourraient permettre de diminuer de 9 % la consommation à l'horizon 2020, et de réduire les émissions de CO_2 de 9 à 15 %.

Par ailleurs, la décision allemande d'arrêt du nucléaire va nécessiter plus d'échanges entre le sud de ce pays (où est actuellement concentré l'essentiel de la production et de la consommation) et le nord (où sera injectée l'énergie éolienne ou offshore). Il faudra enfin poursuivre le désenclavement des « péninsules électriques » (Espagne/Portugal, Grande-Bretagne, Pays baltes). Bref, dans son plan de développement du réseau à dix ans, ENTSO-E, la nouvelle association regroupant les entreprises de transport d'électricité européennes, estime qu'il faudra d'ici 2020 créer 35 000 kilomètres de lignes nouvelles, et en remettre à niveau 7 000. Soit restructurer 15 % au total du réseau européen. Tout cela aura un coût, estimé entre 23 et 28 milliards d'euros pour les cinq prochaines années. Au total, d'ici 2020, il faudra investir 60 milliards dans les réseaux électriques et gaziers (3/4 électricité, 1/4 gaz).

Mais la question n'est pas que financière. Les projets de construction d'infrastructures, qu'elles soient de production ou de transport d'énergie, doivent aujourd'hui en Europe surmonter un véritable parcours d'obstacles juridiques avant d'être mis en chantier. De la consultation des citoyens au premier coup de pioche, dix à quinze ans peuvent s'écouler. Voire plus. Ainsi, le renforcement de l'interconnexion électrique France-Espagne, qui sera effectif fin 2014, est l'aboutissement de vingt années de débats enflammés, conclues grâce à la médiation de Mario Monti et à l'engagement des deux gouvernements autour d'une solution souterraine terrestre à courant continu. Au cœur des échanges autour du « paquet infrastructures », ensemble de textes visant à tracer la voie en la matière, se trouve donc la question de la simplification du droit et de l'émergence d'une nouvelle « démocratie énergétique » en Europe.

En vertu du nouvel article 194 du Traité de Lisbonne, « la politique de l'Union dans le domaine de l'énergie vise à assurer le fonctionnement du marché de l'énergie, assurer la sécurité de l'approvisionnement énergétique dans l'Union, promouvoir l'efficacité énergétique et les économies d'énergie ainsi que le développement des énergies nouvelles et renouvelables, et promouvoir l'interconnexion des réseaux énergétiques ». Reste à mettre en œuvre, concrètement, ces objectifs différents, en mobilisant les outils démocratiques associés.

ENCOURAGER LES INITIATIVES DES VILLES ET DES TERRITOIRES

Tous les objectifs européens évoqués précédemment ne trouveront de sens que s'ils rencontrent les initiatives citoyennes, locales ou régionales, qui se mobilisent aujourd'hui, partout en Europe, en faveur d'un changement de modèle énergétique.

Les choix énergétiques d'hier étaient portés par des États forts et des technostructures associées, au nom du bien commun. Chacun acceptait que l'intérêt collectif primât sur l'intérêt particulier, de même que chacun acceptait l'autorité des élites. Ce temps est désormais révolu : les élites sont souvent disqualifiées, la « rationalité » des décideurs se heurte à une mise en doute systématique de leur pouvoir de définir ce qu'est l'intérêt général. Chacun semble avoir fait sien l'adage ironique de Paul Valéry pour qui « un homme compétent est un homme qui se trompe selon les règles ».

Face à cet état de fait, on peut raisonner, comme le font encore aujourd'hui beaucoup d'aménageurs, en terme d'« acceptabilité ». Les obstacles à la bonne compréhension du citoyen seraient liés à des problèmes de « communication » avec lui. C'est selon nous un peu court, car cela présuppose que les projets énergétiques préformatés par les experts (d'en haut) n'auraient plus qu'à être présentés à une opinion publique (d'en bas) « passive », placée devant le dilemme de les accepter en l'état ou de se battre contre eux pour les empêcher.

On voit bien que le sens de l'histoire est ailleurs. Il faut une politique énergétique plus décentralisée et plus démocratique. Le citoyen européen veut être partie prenante de la transition énergétique. Il faut donc encourager, tant au niveau national qu'européen, toutes les initiatives, et notamment celles des collectivités territoriales allant dans ce sens.

Car les villes sont en première ligne de la transition énergétique : 70 % de la consommation d'énergie de l'Union européenne a lieu en milieu urbain, et les collectivités locales sont en charge désormais des questions de mobilité, d'infrastructures de transport intelligentes, de construction neuve et de réhabilitation, de réseaux de chaleur et de froid, d'urbanisme…

Depuis 1990, à l'initiative de Besançon, l'association Energy Cities réunit un millier de villes — réparties dans une trentaine de pays — désirant échanger bonnes pratiques et solutions innovantes, et visant toutes à renforcer leur expertise en matière d'énergie durable. Et visiblement, cela marche. Un des adhérents, Chambéry, satisfera dès 2013 les objectifs européens des « trois fois vingt ».

Plus récemment, une « convention des maires » a fédéré, elle aussi, plus de 2 600 collectivités locales allant dans le même sens.

En 2006, est aussi apparu, en Grande-Bretagne, le mouvement des « villes en transition » qui regroupe aujourd'hui trois cent cinquante collectivités souhaitant apporter des réponses locales et citoyennes à la hausse du prix du pétrole et au changement climatique. Leur solution : renforcer la « résilience », c'est-à-dire la capacité à encaisser les crises économiques et/ou écologiques en se projetant dans l'après-pétrole de manière constructive et positive. Elles mettent ainsi l'accent sur la production locale d'énergies renouvelables, mais pas seulement. Ainsi, à Bristol, pour lutter contre la précarité énergétique, la municipalité envisage de créer un centre d'hébergement pour les personnes en situation difficile. Une trentaine de collectivités françaises, urbaines mais aussi rurales, ont rejoint cette aventure.

L'échelon régional n'est pas à négliger. Les régions françaises ont ainsi inscrit l'agenda climatique dans leurs objectifs, sous des formes diverses. Plans énergie-climat régionaux, soutiens financiers aux réseaux de chaleur « bois-énergie », chèques éco-énergies ou prêts à taux zéro pour les particuliers afin de favoriser les travaux d'isolation, actions sur les bâtiments publics économes et sur les logements sociaux locatifs… Midi-Pyrénées crée un fonds régional carbone, visant à développer et valoriser le potentiel forestier régional et à soutenir des projets de compensation dans les pays en développement via l'acquisition d'unités de réduction carbone ; Poitou-Charentes prévoit d'investir, d'ici 2015, 1 milliard d'euros pour installer des panneaux photovoltaïques sur tous les bâtiments publics de la région et aider les collectivités locales allant dans ce sens, avec un objectif de puissance installée de 270 MWc (mégawatt crête). La région Bretagne, quant à elle, est un partenaire actif de la démarche Ecowatt.

Ce dernier exemple est tout à fait symbolique du « potentiel » de mobilisation de l'opinion publique autour des enjeux énergétiques. La Bretagne ne produit que 9,5 % de sa consommation électrique, et son équilibre offre-demande est particulièrement fragile, notamment en hiver. Pour « lisser » les pics de consommation, le gestionnaire du réseau électrique, RTE, imagina donc, en lien avec les élus, de mettre en place une démarche d'information-sensibilisation préventive des Bretons, via SMS, Facebook ou Twitter, permettant à tous ceux qui le souhaitent d'être prévenus, en amont, des risques éventuels de coupures. Cette incitation à la modulation des consommations a rencontré un vrai succès. L'hiver 2010-2011, 30 000 Bretons s'étaient déjà inscrits à ce dispositif gratuit, près du double de l'hiver 2009-2010. Et leur action conjuguée a entraîné une diminution de 2,5 % de la consommation aux heures les plus chargées de la semaine, soit l'équivalent de la consommation d'une ville comme Brest, d'environ 150 000 habitants.

Beaucoup d'autres exemples pourraient être évoqués ici, dans des villes, grandes ou moyennes, ou dans des petites communes : Salies-de-Béarn, Semur-en-Auxois, Trièves, la communauté de communes du Mené (Côtes d'Armor), qui veut être autosuffisante à l'horizon 2020, et devenir un territoire 100 % énergies renouvelables d'origine locale, en valorisant le vent, le soleil, la biomasse (méthanisation du lisier), le bois (chaudières collectives) et l'huile de colza ; le village de Béganne (près de Redon) où un premier parc éolien « citoyen », de quatre éoliennes de 8 MW, va voir le jour, initié et financé par l'apport personnel des habitants et par un club d'investisseurs alternatifs local. Les concepteurs de ce projet, militants des énergies renouvelables, ont su créer le nécessaire consensus local, souvent absent sur beaucoup d'autres projets, en associant dès le début toute la population et tous les riverains.

Pour reprendre la « philosophie » qui anime les militants précités de la démarche de la transition, ces initiatives doivent nous amener à être optimistes, en Europe, sur la capacité de nos concitoyens à comprendre et à s'adapter aux défis énergétiques de demain. Loin d'un affrontement violent et stérile entre tel ou tel « modèle » énergétique national, l'avenir viendra peut-être de ces engagements positifs, individuels, locaux et régionaux de tous ceux qui souhaitent construire un autre modèle de développement.

Ce que Jules Romains résumait ainsi dans *Les hommes de bonne volonté* : « Une démocratie, c'est d'abord ça : une façon de vivre où les gens osent se communiquer les choses importantes, toutes les choses importantes, où ils se sentent le droit de parler comme des adultes, et non comme des enfants dissimulés. »

Chapitre VI

PROMOUVOIR LES NOUVEAUX HÉROS DE LA RÉVOLUTION ÉNERGÉTIQUE

L'histoire apprend que les ruptures énergétiques accompagnent ou provoquent de grands changements dans l'organisation de la vie des hommes en société. Sans remonter à la domestication du feu dans les cavernes, la diffusion du pétrole comme carburant du moteur à explosion et l'expansion de la « fée électricité » au cours du dernier siècle ont métamorphosé nos vies et nos villes et situent bien la portée des grands bouleversements qui naissent de nouveaux usages de l'énergie. Il se pourrait même que nous ayons devant nous des changements plus substantiels encore : la manière de produire, d'acheminer, de consommer de l'énergie sera rénovée en profondeur, des « chaînes de valeur » et des « modèles économiques » nouveaux naîtront et transformeront radicalement les marchés énergétiques, avec le formidable levier que représente le recours généralisé à Internet.

Pour le marché énergétique, l'enjeu désormais est d'entrer dans la modernité pour ne plus être la victime collatérale de la globalisation, paradoxe que souligne Daniel Cohen : « On tient ici l'un des paradoxes centraux de la mondialisation. Elle permet aux consommateurs d'acheter de moins en moins cher des produits manufacturés en provenance d'Asie. Mais elle renchérit aussi le prix des matières premières, du fait de la demande croissante qui émane des pays émergents. Tandis que le prix de la micro-informatique baissait de 50 % en trois ans, celui du fioul domestique augmentait de 56 % au cours de la même période »[1]. C'est là une évidence par trop occultée et qui devrait pourtant nous aveugler : la qualité de l'énergie qui nous est délivrée ne s'améliore peu ou pas et son prix augmente, à l'encontre des espoirs mis dans la mondialisation et les déréglementations qui l'ont accompagnée…

UNE REDISTRIBUTION DES RÔLES À L'AVANT-SCÈNE ÉNERGÉTIQUE

Nous avons, dans les précédents chapitres, esquissé le ou les chemins susceptibles d'être empruntés pour atteindre ce que nous avons qualifié de « nouvelle frontière » énergétique, les systèmes sobres et renouvelables de 2050, et opéré un focus sur le laboratoire européen. Pour aller plus avant dans la compréhension du changement,

1. *Sortie de crise : vers l'émergence de nouveaux modèles de croissance ?*, Rapport du Conseil d'Analyse Stratégique, octobre 2009.

plaçons-nous maintenant au niveau de certains des acteurs qui sont appelés à jouer un rôle à l'avant-scène énergétique, alors qu'ils étaient jusqu'à maintenant des acteurs contenus dans des rôles plus discrets. Il s'agit des innovateurs et des consommateurs, choix qui mérite explication.

Les innovateurs. Les systèmes énergétiques qui arrivent maintenant en bout de cycle de vie sont généralement issus de choix planifiés par des États, donnant naissance à des structures industrielles très concentrées, monopolistiques ou oligopolistiques. Ces systèmes ont naturellement produit ou assimilé d'importants progrès techniques (notamment dans le rendement de la production électrique à base de gaz), mais à un rythme plus lent que dans d'autres secteurs comme les technologies de l'information, sans ruptures fréquentes et soubresauts et sans que l'innovation se laisse aisément « incarner » par des entreprises nouvelles et des innovateurs pionniers à leur tête (tout au moins au cours des dernières décennies). La déréglementation des secteurs électriques et gaziers, la promotion des énergies renouvelables et des gains en efficacité, la convergence des réseaux d'électricité et de télécommunication dans les « *smart grids* » sont autant de facteurs nouveaux qui créent des espaces pour l'innovation, en érodant les barrières à l'entrée pour imaginer de nouveaux services. Mais les opérateurs issus des anciennes structures de marché, ex-monopoles souvent, conservent un pouvoir inscrit dans la longue histoire de leur secteur. L'enjeu est de tirer parti des extraordinaires actifs capitalisés par ces entreprises (industriels, technologiques, financiers, humains...), sans stériliser la concurrence par l'innovation que peuvent porter des start-up, des challengers étrangers ou des champions venus d'autres univers (de l'automobile aux télécoms) et en rendant les filières énergétiques suffisamment attractives pour attirer des capitaux considérables (notamment du capital-risque pour les jeunes entreprises).

Les consommateurs. La consommation de produits énergétiques relève d'une relation somme toute assez « rustique » avec leurs fournisseurs : produits et services homogènes voire uniformes, fournisseur unique souvent, tarifs régulés plutôt que prix de marché... Tout comme pour l'eau, admettons (au moins pour un pays comme la France) que ce type de relation a été très satisfaisant sur le long terme : des prix raisonnables, associés à un service uniforme certes, mais répondant à des standards de qualité élevés. L'*usager* d'énergie s'apprête pourtant à devenir un *consommateur* d'énergie : parce que les prix du kilowatt-heure d'électricité ou du mètre cube de gaz augmentant, les dépenses mériteront plus d'attention, parce que de nouveaux usages comme le véhicule électrique renforceront cette attention accrue, parce que l'énergie desservie et son prix seront différenciés selon de nouvelles caractéristiques comme le contenu en CO_2, parce que certains consommateurs seront également des producteurs avec des moyens renouvelables (petit éolien ou photovoltaïque), parce que la recherche de l'efficacité débouchera sur des gammes nouvelles d'équipements ou de services aux ménages... Cette place inédite dévolue au consommateur lui conférera un nouveau pouvoir (d'arbitrage entre des produits, services et fournisseurs plus nombreux) et ouvrira une nouvelle ère de stratégies marketing plus complexes (concernant la combinaison des services, les formules de prix...). Comme l'innovation sera plus présente, le consommateur sera donc en présence d'espaces de choix plus riches et plus complexes.

LA LIBERTÉ NOUVELLE DE L'INNOVATEUR ÉNERGÉTIQUE

La révolution énergétique présente une caractéristique inédite dans l'histoire des grandes transformations industrielles : elle est annoncée, programmée même. C'est comme si Internet avait dû être « pensé » il y a quarante ans, Google ou Facebook imaginés comme des hypothèses plausibles. Quelques visionnaires et autres auteurs de science-fiction ont bien tracé des perspectives audacieuses pour le prochain millénaire dans les années 1970, dans un monde qui était alors celui du « téléphone » et non pas des « technologies de l'information », mais ce n'est pas la « communauté internationale » qui a décrété alors l'urgence de transformer la communication entre humains en quelques décennies. De même, les usages du pétrole (qui servait surtout à l'éclairage au XIXe siècle) et de l'électricité ont été long à se dessiner et, plus encore, à transformer l'organisation de nos cités.

Dans le cas présent, nous nous sommes placés dans l'obligation de faire la révolution énergétique compte tenu de la dette carbone contractée durant les deux derniers siècles et parce que le prix de l'énergie, trop longtemps indolore (si ce n'est à la pompe), menace de devenir un sujet de préoccupation pour le pouvoir d'achat de chacun, comme il l'est déjà pour les ménages les plus modestes. Comme expliqué précédemment, nous connaissons déjà l'échéance de cette révolution (2050) et l'amplitude des changements (diviser par deux les émissions de CO_2) et nous avons quelques idées sur la boîte à outils et les efforts financiers à consentir.

C'est beaucoup et peu à la fois. Beaucoup parce qu'aucune révolution technologique et industrielle n'a suscité autant de réflexions et de calculs en amont de sa réalisation. Peu parce que la solution viendra de ce que Joseph Schumpeter, grand penseur du changement technique, appelait une « grappe d'innovations » dont beaucoup sont encore à naître et qui toucheront tous les maillons de la « chaîne de valeur » des filières énergétiques qui se recomposeront autour d'elles. Il faudra beaucoup d'innovateurs et, sans doute, ce que les économistes qualifient « d'innovations perturbatrices », c'est-à-dire qui bousculent les habitudes de production ou de consommation (le remplacement de la photographie argentique par la photographie numérique est un bon exemple de technologie perturbatrice).

Les menaces sont certes nombreuses sur le chemin des innovateurs (et nous avons précédemment listé ces menaces), mais ne perdons pas de vue une donnée essentielle : si nous parvenons à créer un climat propice, innover dans la sphère énergétique pourrait créer une valeur économique cumulée se chiffrant en dizaines de milliers de milliards de dollars en 2050 notamment par les économies faites sur les énergies fossiles (et les effets externes de leur consommation). Une telle perspective a de quoi attirer des investisseurs et, tout bien considéré, le pari est moins hasardeux que d'imaginer en 2000 gagner un jour de l'argent avec les champions de l'Internet.

Les nouvelles trajectoires technologiques ne seront pas des chemins pavés de roses, mais l'expérience des dernières décennies dans des domaines comme les biotechnologies, l'électronique ou autres nanomatériaux apporte tout de même quelques enseignements sur la combinaison des ingrédients nécessaires au pilotage du changement.

En amont, il est important de produire un effort de recherche et d'en diffuser les résultats. L'expérience prouve que la place des PME pour explorer la diversité des options est essentielle. Dans certaines industries (électronique ou technologies de l'information), ces jeunes pousses évincent ou bousculent les géants en place (Apple et Google sont les exemples les plus spectaculaires), dans d'autres (biotechnologies) les idées nouvelles des petites entreprises sont rachetées par de plus grandes (pharmaceutiques en l'occurrence), sans redessiner en profondeur le paysage industriel. Mais, quel que soit le processus darwinien (et celui de l'énergie se rapprochera sans doute plus de celui de la pharmacie), il est indispensable que de petites structures d'entreprise puissent, en complément des efforts réalisés par les grands acteurs, tester de nouvelles idées issues de la recherche. Que les créateurs de ces start-up (pour celles qui survivront tout au moins) fassent fortune en devenant des capitaines d'industries… ou en revendant leurs brevets, peu importe, du moment que ces « éclaireurs » auront pu montrer le chemin.

La stimulation de la demande est le deuxième ingrédient et requiert, comme pour le soutien à la recherche, un effort public et c'est à ce niveau que des outils comme les tarifs de rachat sont précieux, à la condition de bien dimensionner ce que les économistes appellent le « *glide path* », c'est-à-dire la décrue progressive du soutien sur ressources publiques dès lors que la technologie promue est compétitive. L'existence, en Allemagne, d'une industrie de l'énergie solaire ne s'explique pas, à l'évidence, par des conditions locales particulièrement favorables en termes d'exposition au rayonnement, mais bien par la capacité à accélérer la diffusion d'une technologie en subventionnant sa demande. Cette stimulation de la demande est aussi cruciale… que délicate à doser car elle suppose que l'État (ou la collectivité publique qui alloue des subventions) fasse preuve d'une clairvoyance qui lui permette de soutenir au bon moment les bonnes filières, en dimensionnant bien son effort, car il se substitue (en partie) au marché pour trier le bon grain de l'ivraie.

Le troisième facteur essentiel est la disponibilité de financements appropriés et, en particulier, de « *venture capital* » indispensable pour soutenir les projets portés par des entreprises nouvelles. Le capital dit « d'amorçage » (mis à disposition en phase amont des projets) a été important pour les start-up des biotechnologies ou les technologies de l'information aux États-Unis, avec comme résultat qu'un dollar de *venture capital* a produit un effet deux à trois fois plus puissant sur le nombre de brevets qu'un dollar de R & D dans des grandes entreprises et cet effet de levier doit être mobilisé pour l'énergie. Mais, au-delà, il importera de combler l'écart entre les besoins de financement et le volume de risques que les banques et marchés (et les entreprises par leur capacité d'autofinancement) sont aptes à assumer, au regard des risques de projets énergétiques innovants. L'exemple britannique est intéressant pour comprendre ce qui se joue : le gouvernement considère que de 200 à 1 000 milliards de livres devront être investis durant les deux prochaines décennies afin d'atteindre les objectifs de décarbonisation pour la Grande-Bretagne, mais que les sources traditionnelles ne devraient en pourvoir que de 50 à 80 milliards. La réponse est le projet de création d'une Banque d'Investissement Verte en 2012[1], pour orienter

1. *The Green Investment Bank*, Rapport parlementaire britannique, 2010.

des fonds publics vers ces projets (les éoliennes en mer, l'efficacité énergétique et la gestion des déchets seront privilégiées), mais également lever des fonds et inciter à des cofinancements avec des investisseurs privés.

Le dernier ingrédient est de bâtir un cadre juridique qui permette aux innovateurs d'être réellement des aiguillons de la concurrence. Cela passe, naturellement, par le droit de la concurrence qui doit veiller à limiter les distorsions et, en particulier, à abaisser les barrières qui pourraient limiter la capacité d'agir des « nouveaux venus » (PME, entreprises étrangères, entreprises issues d'autres secteurs). L'égalité d'accès aux marchés et aux soutiens publics est une autre dimension clé, de même que la protection des droits de propriété portant sur la technologie (et son coût pour les PME).

Tenter de lister les directions prises par l'innovation énergétique serait une gageure. En revanche, une kyrielle de nouveaux « mots-clés » sont apparus dans le vocabulaire, qui sont autant de traces d'un monde énergétique en mouvement : les microgrids (réseaux locaux intégrant des énergies renouvelables), l'effacement diffus (offre aux consommateurs de réduire leur puissance disponible en période de pointe en échange de tarifs préférentiels), la deuxième vie de la batterie (l'utilisation des batteries automobiles usagées en moyen de stockage d'appoint d'habitat), le *smart home* (la combinaison dans la maison des moyens de production, stockage, contrôle à distance, etc.)... La liste exhaustive serait impossible à dresser, mais ces mots nouveaux sont les signaux avancés du mouvement, comme lorsque des termes étranges comme « ADSL », « UMTS » et autres « Ipod » se sont installés dans notre quotidien.

LE CONSOMMATEUR ENFIN CONVIÉ À VISITER LE POSTE DE PILOTAGE

Les ménages vont devoir s'intéresser à l'énergie et leurs fournisseurs de service les approcher différemment. Rien d'extraordinaire comparé aux formes de concurrence et de marketing très sophistiquées qui prévalent dans tous les secteurs de la consommation courante ou des biens d'équipement aux ménages. Cet intérêt nouveau sera fondé sur des considérations très prosaïques : par exemple, en Grande-Bretagne, l'université de Cambridge a calculé que le big bang énergétique voulu par les autorités induirait une augmentation du prix de l'énergie de 30 % d'ici à 2020. Une telle évolution menace d'avoir un effet drastique sur le pouvoir d'achat (et donc la croissance) si elle n'est pas accompagnée de baisses de consommation ; et, si ces baisses se faisaient sans amélioration de l'efficacité, cela signifierait que les ménages britanniques seraient moins bien chauffés ou éclairés…

Les consommateurs d'énergie devront donc apprendre à se mouvoir dans des « espaces » énergétiques plus riches : plus de fournisseurs à mettre en concurrence pour leur molécule de gaz ou leur kilowatt-heure d'électricité, mais aussi des nouveaux prestataires de services (pour gagner en efficacité, pour accéder en temps réels à des informations sur les consommations ou les prix, pour piloter des équipements à distance...), plus de formules tarifaires (rendant les prix plus flexibles aux pics de consommation, associant des bouquets de services énergétiques et, par exemple, eau ou télécoms...), plus d'équipements électriques (véhicules électriques évidemment, moyens de stockage à la maison) ou des équipements devenus « intelligents » (électroménager pilotable à distance), le tout inséré dans l'Internet énergétique que seront les *smart grids*.

Les consommateurs ont démontré une grande curiosité et une capacité d'apprentissage extraordinaire pour les technologies de l'information depuis quinze ou vingt ans, de sorte que leur aptitude d'investir ce nouvel univers n'est pas un challenge insurmontable. Mais le chemin sera long car, à dire vrai, la place que les consommateurs souhaiteront prendre est encore une grande inconnue. Ils ont une perception souvent positive des évolutions qui s'annoncent dès lors qu'ils sont bien informés... mais bien peu le sont. En outre, leur comportement est parfois singulier : dans les projets-pilotes de smart grids, les consommateurs réagissent à des gains monétaires, mais tout autant à l'intérêt de concourir à un effort collectif (comme dans un éco-quartier, par exemple), de sorte que les « modèles économiques » ne reposeront pas uniquement sur des incitations financières. De plus, l'accès en temps réel aux informations sur la consommation électrique produit un effet de réduction des consommations généralement sensible (compris entre 5 % et 15 %), mais dont la persistance dans le temps est incertaine : ce qui signifie que les « smart consumers » n'échappent pas à l'effet classique qualifié de « rebond » (mieux consommer de l'énergie peut paradoxalement conduire à en consommer plus !). Enfin, donner une place active aux consommateurs dans les futurs modèles énergétiques supposera également de garantir les conditions de conservation et de partage des informations relatives à leurs usages et qui sont perçues, à tort ou à raison, comme des informations très sensibles. Étonnamment, les consommateurs qui confient à leurs opérateurs de télécommunication des informations sur l'intimité de leur vie... ont peur de dévoiler à leur fournisseur (ou transporteur) d'énergie l'heure et la fréquence de leur bain.

Les évolutions qui se dessinent ont une importance particulière face à la montée de la précarité énergétique qui s'est aggravée considérablement (notamment en Europe) au cours de la dernière décennie, comme expliqué dans le chapitre précédent. Comme l'indique IHS-CERA le développement des *smart grids* et l'ensemble des innovations qui se dessinent pourraient offrir une plateforme pour une nouvelle gestion du problème de précarité via des offres ou des financements innovants (pour remplacer des équipements inefficaces), mieux adaptés que la seule approche par les actuels tarifs sociaux[1].

COUP D'ŒIL SUR LA CALIFORNIE, DE LA SILICON À LA SOLAR VALLEY[2]

Faute de pouvoir identifier et lister de façon systématique les signes annonciateurs de la révolution énergétique, ouvrons une fenêtre sur la Californie qui possède différentes caractéristiques pouvant en faire le creuset de modèles originaux, éclairant la liberté nouvelle offerte aux innovateurs et aux consommateurs.

Inutile de démontrer, tout d'abord, que son « climat » est propice à l'innovation, alliage d'une capacité unique à mobiliser des structures de recherche et des financements (venture capital notamment), à organiser des coopérations industrielles ou à faire émerger des start-up. Le réseau électrique californien est vieillissant (comme c'est souvent le cas ailleurs aux États-Unis) avec des coûts élevés de dysfonctionnement, de sorte que sa modernisation est un impératif et une source de gains potentiels importants en supprimant une partie des milliards de surcoûts actuels. Enfin, la consomma-

1. IHS-CERA, *Electricity Poverty. A New Challenge for Suppliers and Policy Makers*, par Andrew Conway et Fabien Roques, 2010.
2. Voir le dossier sur les « Modèles économiques des *smart grids* » élaboré par Patrice Geoffron, sur le site dédié de la Commission de Régulation de l'Énergie : smartgrids-cre.fr

tion est l'objet de pics très marqués à la fois dans la journée (notamment avec une double pointe vers 14 heures et 18 heures) et au cours de l'année (en fonction de journées chaudes et de l'usage intensif d'appareils de climatisation dans ces circonstances), ce qui laisse entrevoir un fort potentiel d'amélioration, à la condition d'inciter les usagers à modifier leurs comportements par des services fondés sur le principe d'effacement.

À ces caractéristiques structurelles viennent s'ajouter des orientations politiques qui sont les plus volontaristes des États-Unis. En 2006, le gouvernement californien a promulgué « l'Assembly Bill 329 » qui comporte des objectifs ambitieux de réduction des gaz à effets de serre à l'horizon 2020 (avec un retour au niveau des émissions de 1990). L'élément le plus spectaculaire a été le lancement, également en 2006, du plan « Million Solar Roof » qui vise l'équipement d'un million de toits en l'horizon 2018. Combiné à des investissements en éolien, le parc de production électrique est ainsi plus dispersé et plus intermittent, impliquant d'adapter le réseau en conséquence. Les incitations publiques incluent pour cette raison les équipements en compteurs intelligents. Le mécanisme de « Net Energy Metering » permet, grâce à de tels compteurs, aux ménages équipés de photovoltaïque de ne payer que le solde entre l'énergie consommée et celle produite (le surplus étant réinjecté dans le réseau) en prenant en compte les coûts de transmission et de distribution associés. En septembre 2010, la Californie a complété son dispositif en étant le premier État à promulguer une loi relative au stockage d'énergie pour accompagner la montée en puissance des énergies intermittentes. Par ailleurs, le soutien de l'État fédéral au véhicule électrique conduit à anticiper la constitution rapide en Californie d'un parc suffisamment significatif pour requérir des investissements spécifiques dans le réseau (Chevrolet et Nissan étant particulièrement actifs sur ce marché).

Tous ces éléments combinés font que la grande industrie américaine, au-delà des strictes frontières du secteur énergétique, pose des jalons et que des start-up émergent dans cet écosystème nouveau. Google a obtenu l'accord de la Federal Energy Regulatory Commission pour devenir producteur d'électricité et a développé une plateforme ouverte de mesure des consommations d'énergie (PowerMeter) ; IBM ou Microsoft sont très actifs aussi bien auprès des acteurs de la filière électrique que de l'industrie automobile ; Cisco est très présent dans la partie réseaux, Whirlpool se préoccupant de rendre communicants les équipements électroménagers. Ces mouvements s'opèrent sur fond de guerres de standards, en particulier autour des produits qui s'insèreront dans les futurs « home area networks » (HAN) des maisons intelligentes. Les conditions ont permis de tester des offres de prix dits « dynamiques », comportant des variations très sensibles. Dans le schéma « Critical Peak Pricing », les consommateurs sont candidats à l'effacement suite à une demande qui leur est formulée par mail ou téléphone en amont d'un pic de demande, à concurrence d'un nombre maximum d'événements par an.

La Californie n'est pas l'économie la plus verte du monde (ses émissions de CO_2 sont élevées), mais elle apparaît comme une terre d'élection pour identifier l'émergence d'innovations énergétiques (tant de nature technique que commerciale), la culture d'innovation étant couplée à un volontarisme des autorités publiques, et les ménages étant plus naturellement curieux des nouveaux équipements que dans d'autres parties des États-Unis.

Notons pour finir que des modèles d'innovation originaux peuvent également émerger dans des environnements radicalement différents de celui de la Silicon Valley. L'Allemagne a également sa Solar Valley qui est située en ex-RDA (en Saxe, Saxe-Anhalt et Thuringe) et, en 2009, concentrait près de 50 % du chiffre d'affaires de la filière allemande du photovoltaïque (avec des entreprises comme Q-cells, Schott Solar et SolarWorld) et abritant une soixantaine de centres de recherche. Ce succès s'explique par la compétence historique de ces territoires dans la chimie et l'optique, loin de la combinaison offerte par la Californie.

Et nous devrons comprendre que la Chine crée et créera, dans un espace pourtant dominé par le charbon, des « vallées » consacrées aux énergies vertes et où naîtront des géants mondiaux.

Conclusion

METTRE LES CITOYENS FACE À LEURS RESPONSABILITÉS

Cet ouvrage esquisse les contours d'une « nouvelle donne » énergétique. Plus complexe et incertaine, elle appellera une mobilisation plus active des citoyens dans les processus de décision et le discernement de consommateurs avisés dans leurs choix. Des espaces plus vastes seront conquis par les innovateurs pour explorer les nouvelles combinaisons de technologies, de produits ou de services destinés à mieux — c'est-à-dire moins — consommer d'énergie et à privilégier des sources faiblement carbonées. Cette nouvelle donne nous sortira d'une trajectoire, insoutenable, coincés que nous sommes entre la menace environnementale du changement climatique et la menace économique d'énergies fossiles « hors de prix ».

L'EUROPE A UNE VISION (SINON UNE POLITIQUE)

Cette nouvelle donne s'impose à nous, tout autant qu'elle constitue une formidable opportunité pour les entrepreneurs européens de valoriser le portefeuille de compétences le plus dense, le plus divers, le plus riche du monde, en un mot, de capitaliser sur une sobriété énergétique qui nous place déjà au premier rang mondial. Il est donc essentiel d'anticiper et décrypter cette nouvelle donne, pour que des citoyens européens informés impulsent les bonnes décisions de politique énergétique et que les industriels européens fassent avec lucidité des investissements qui, souvent, auront une durée de vie pluri-décennale.

L'Europe a défini depuis 2008 une vision énergétique, soutenable et responsable, avec le « paquet énergie-climat » et les fameux trois vingt pour 2020 (baisse des émissions, amélioration de l'efficacité énergétique et développement des énergies renouvelables). Même si le poids démographique, économique et politique de l'Europe diminue inéluctablement en termes relatifs, et si les Européens ne sont jamais à l'abri d'une cacophonie, l'Union dans laquelle nous vivons a une vision sur l'avenir décarboné et pourrait se donner les moyens d'un leadership industriel qui s'est effiloché au cours des dernières décennies.

Toutefois, cette vision guide chacun des pays membres (qui reste maître d'œuvre), sans tenir lieu de politique énergétique pour l'Europe, comme l'ont confirmé les décisions prises par les Allemands et les Britanniques de modifier leurs systèmes nationaux, sans intenses concertations avec leurs voisins. La gouvernance de l'Europe énergétique n'est pourtant pas de moindre importance que celle de l'Europe monétaire...

INCERTITUDES, COMPLEXITÉS ET... COURAGE POLITIQUE

Deux milliards de nouveaux venus vivront sur Terre en 2050, exacerbant les interdépendances entre l'agriculture (les terres arables et les méthodes de production), l'eau, l'énergie et le changement climatique. Il est difficile de « modéliser » cette complexité tant sont nombreuses et variées les inconnues : sur la disponibilité des ressources énergétiques (et leur répartition géographique), l'évolution des coûts des prix et des technologies énergétiques, sur les consensus politiques qui émergeront (ou non) dans des ensembles aussi vastes que la Chine, l'Inde ou les États-Unis.

Pour avancer dans ce brouillard, nous imaginons des avenirs possibles, en construisant des scénarios. Tous annoncent des prix plus élevés, mauvaise nouvelle que les gouvernements hésitent à transmettre à leurs administrés, qui, naturellement, rechignent à affronter des énergies plus onéreuses. Le courage politique sera désormais de conduire les citoyens-consommateurs à « regarder en face » le prix des énergies, tout en s'adaptant pour mieux et moins en consommer. Une « course contre la montre » est engagée : si les gains en efficacité énergétique ne venaient pas compenser l'augmentation des prix, l'énergie pèserait de plus en plus dans le budget des ménages. Des précaires énergétiques trouveraient là un sujet (supplémentaire) d'indignation et descendraient dans les rues des capitales européennes…

EFFICACITÉ, DIVERSITÉ ET FLEXIBILITÉ

La recherche d'une plus grande d'efficacité (pour la chaleur, la mobilité, la motricité, l'éclairage…) est un « vaccin » contre le doute, car l'énergie non consommée met à l'abri des cahots du monde. Face à autant d'incertitudes, la diversification des bouquets énergétiques, en dédiant une part grandissante aux énergies renouvelables, sera aussi l'armature des politiques énergétiques futures. La lucidité conduit aussi à se garder d'une querelle des énergies « anciennes » et « modernes » : solaire, biomasse, éolien devront encore cohabiter longtemps avec le nucléaire ou le gaz naturel pour l'harmonie des bouquets énergétiques. Et des combinaisons inédites sont à naître : en Norvège, par exemple, 90 % de la production d'électricité est hydraulique ; il est cependant intéressant d'utiliser les éoliennes quand le vent tourne en mer du Nord, l'hydraulique servant alors à stocker l'électricité que l'on peut valoriser à d'autres moments. Autre singularité, aux États-Unis, le Texas est à la fois le champion du pétrole et (bien avant la Californie) le champion de l'éolien.

INFORMATION, TRANSPARENCE ET PROCESSUS DÉMOCRATIQUES

La gestion de ces incertitudes et des innovations multiples pour y faire face impliquera de susciter et d'animer des débats publics, rationnels et éclairés, encadrés par des processus démocratiques rénovés, pour prendre en compte l'intérêt général.

La collecte d'informations, les rapports de synthèse, l'éducation, les discussions entre experts, les débats d'idées sont nécessaires… sans être toujours suffisants pourtant. Les exemples récents du gaz de schiste ou du nucléaire en Europe illustrent un entrelacs de réactions émotionnelles et rationnelles ainsi qu'une difficulté à hiérarchiser les risques et, si nécessité, à assumer certains d'entre eux. Il faut refonder le débat public en amont des décisions énergétiques nationales ou locales, sans naïveté sur la manière dont certains lobbies peuvent chercher à en infléchir le cours[1].

1. Les deux films d'Al Gore montrent clairement que l'argent dépensé par les lobbies peut fausser assez radicalement la sérénité d'un débat…

CENTRALISATION *VERSUS* DÉCENTRALISATION PARTICIPATIVE

L'urgence du changement a, au moins, le mérite de fissurer des organisations très centralisées, colberto-jacobines pour le cas français. Un certain nombre de villes européennes ont ainsi décidé de s'engager au-delà du « trois fois vingt pour 2020 » qui définit l'horizon communautaire. Dans ces cités pionnières, les réseaux intelligents, les éco-quartiers, les maisons ou les bâtiments intelligents accueillent des habitants, des consommateurs qui, les premiers, expérimentent une relation nouvelle avec l'énergie. Des projets d'énergie « participative », c'est-à-dire financés par les riverains (formule très répandue au Danemark), naissent dans ces espaces nouveaux, tant il est vrai que la différence est grande entre l'éolien (ou peut-être demain le gaz de schiste...) imposé par des industriels ou une autorité centrale et les mêmes développements fondés sur une plus grande participation des populations directement concernées qui sont en mesure de découvrir tous les avantages qu'elles peuvent attendre d'une implantation locale. Cette décentralisation énergétique est un véritable appel à l'imagination et laisse entrevoir la création de nombreux emplois ancrés dans leurs territoires.

LA FRANCE INVITÉE À DÉBATTRE DE SON AVENIR ÉNERGÉTIQUE

La France dispose d'une compétence énergétique qui, pour une puissance économique de taille moyenne, est sans équivalent. En attestent ses grands groupes très internationalisés, autant que ses PME dans l'ingénierie ou les services énergétiques.

Très peu de nos voisins européens — et très peu de pays dans le monde — ont autant d'atouts pour (re)bâtir un système énergétique à la pointe de l'innovation, au niveau de la Nation et de ses territoires, et pour conforter la compétitivité de ses entreprises, historiques autant que jeunes pousses, sur les marchés mondiaux.

À la condition première de placer les citoyens en face de choix clairs et de rétablir la balance entre les intérêts particuliers et l'intérêt général... Souhaitons que la période ouverte par l'élection présidentielle de 2012 mène à des échanges aussi profonds que créatifs dans l'« Agora », chacun étant convié à dire son mot sur l'énergie qui fera avancer le monde.

DES MÊMES AUTEURS

Jean-Marie Chevalier

LE NOUVEL ENJEU PÉTROLIER, Calmann-Lévy, 1973.

L'ÉCONOMIE INDUSTRIELLE EN QUESTION, Calmann-Lévy, coll. Perspectives de l'économique, 1977.

ÉCONOMIE DE L'ÉNERGIE (avec Philippe Barbet et Laurent Benzoni), Dalloz / Presses de la Fondation nationale des sciences politiques, coll. Amphithéâtre, 1986.

INTRODUCTION À L'ANALYSE ÉCONOMIQUE : MANUEL DE PREMIÈRE ANNÉE DE SCIENCES ÉCONOMIQUES, La Découverte, 1994.

L'IDÉE DU SERVICE PUBLIC EST-ELLE ENCORE SOUTENABLE ? (dir., avec Ivar Ekeland et Marie-Anne Frison-Roche), PUF, coll. Droit, éthique, société, 1999.

INTERNET ET NOS FONDAMENTAUX, (avec Ivar Ekeland, Marie-Anne Frison-Roche et Michel Kalika), PUF, 2000.

LA RAISON DU PLUS FORT. Les paradoxes de l'économie américaine (dir., avec Jacques Mistral), Robert Laffont, 2004.

LES GRANDES BATAILLES DE L'ÉNERGIE. Petit traité d'une économie violente, Gallimard, coll. Folio actuel, 2004.

LES 100 MOTS DE L'ÉNERGIE, PUF, coll. Que sais-je ?, 2008 ; rééd. 2011.

ÉCONOMIE ET DROIT DE LA RÉGULATION DES INFRASTRUCTURES. Perspectives des pays en voie de développement (dir., avec Marie-Anne Frison-Roche, Jan Horst Keppler et Paul Noumba Um), LGDJ, coll. Droit et économie, 2008.

LES NOUVEAUX DÉFIS DE L'ÉNERGIE. Climat, économie, géopolitique (dir., avec Patrice Geoffron), Economica, 2009 ; rééd. 2011.

L'ÉLECTRICITÉ DU FUTUR : UN DÉFI MONDIAL (dir., avec Philippe de Ladoucette), Economica, 2010.

MUTATIONS ÉNERGÉTIQUES. Regards croisés de Myriam Maestroni et Jean-Marie Chevalier, Éditions Alternatives, 2010.

Michel Derdevet

LES RÉSEAUX ÉLECTRIQUES AU CŒUR DE LA CIVILISATION INDUSTRIELLE (avec Christophe Bouneau et Jacques Percevois), Timée Éditions, 2007.

L'EUROPE EN PANNE D'ÉNERGIE. Pour une politique énergétique commune, Descartes & Cie, 2009.

Patrice Geoffron

LA CRISE FINANCIÈRE DU MODÈLE JAPONAIS (avec Marianne Rubinstein), Economica, coll. Innovation, 1996.

LES NOUVEAUX DÉFIS DE L'ÉNERGIE. Climat, économie, géopolitique (dir., avec Jean-Marie Chevalier), Economica, 2011.

DANS LA COLLECTION FOLIO/ACTUEL

30 Pierre Assouline : *Les nouveaux convertis (Enquête sur des chrétiens, des juifs et des musulmans pas comme les autres).*
31 Régis Debray : *Contretemps (Éloges des idéaux perdus).*
32 Brigitte Camus-Lazaro : *L'année 1992 dans* Le Monde *(Les principaux événements en France et à l'étranger).*
33 Donnet Pierre-Antoine : *Tibet mort ou vif.*
34 Laurent Cohen-Tanugi : *La métamorphose de la démocratie française.*
35 Jean-Jacques Salomon : *Le destin technologique.*
36 Brigitte Camus-Lazaro : *L'année 1993 dans* Le Monde *(Les principaux événements en France et à l'étranger).*
37 Edwy Pienel : *La part d'ombre.*
38 Sous la direction de Jacques Testart : *Le Magasin des enfants.*
39 Alain Duhamel : *Les peurs françaises.*
40 Gilles Perrault : *Notre ami le roi.*
41 Albert Memmi : *Le racisme.*
42 Dominique Schnapper : *L'épreuve du chômage.*
43 Alain Minc : *Le nouveau Moyen Âge.*
44 Patrick Weil : *La France et ses étrangers.*
45 Françoise Baranne : *Le Couloir (Une infirmière au pays du sida).*
46 Alain Duhamel : *La politique imaginaire.*
47 Le Monde : *L'année 1995 dans* Le Monde *(Les principaux événements en France et à l'étranger).*
48 Régis Debray : *À demain de Gaulle.*
49 Edwy Plenel : *Un temps de chien.*
50 Pierre-Noël Giraud : *L'inégalité du monde.*
51 Le Débat : *État-providence (Arguments pour une réforme).*
52 Dominique Nora : *Les conquérants du cybermonde.*

53 Le Monde : *L'année 1996 dans* Le Monde *(Les principaux événements en France et à l'étranger).*
54 Henri Mendras : *L'Europe des Européens.*
55 Collectif : *Le travail, quel avenir ?*
56 Philippe Delmas : *Le bel avenir de la guerre.*
57 Le Monde : *L'année 1997 dans* Le Monde *(Les principaux événements en France et à l'étranger).*
58 Robert Littell : *Conversations avec Shimon Peres.*
59 Raoul Vaneigem : *Nous qui désirons sans fin.*
60 Le Monde : *Lettres d'Algérie.*
61 Philippe Simonnot : *39 leçons d'économie contemporaine.*
62 Jacques Julliard : *La faute aux élites.*
63 Le Monde : *L'année 1998 dans* Le Monde *(Les principaux événements en France et à l'étranger).*
64 Le Monde : *La Déclaration universelle des droits de l'homme.*
65 Edwy Plenel : *Les mots volés.*
66 Emmanuel Todd : *L'illusion économique.*
67 Ignacio Ramonet : *Géopolitique du chaos.*
68 Jacques Huguenin : *Seniors : l'explosion.*
70 Jean-Louis Andreani : *Comprendre la Corse.*
71 Daniel Junqua : *La presse, le citoyen et l'argent.*
72 Olivier Mazel : *La France des chômages.*
73 Gilles Châtelet : *Vivre et penser comme des porcs (De l'incitation à l'envie et à l'ennui dans les démocraties-marchés).*
74 Maryvonne Roche : *L'année 1999 dans* Le Monde *(Les principaux événements en France et à l'étranger).*
75 Dominique Schnapper avec la collaboration de Christian Bachelier : *Qu'est-ce que la citoyenneté ?*
76 Jean-Arnault Dérens : *Balkans : la crise.*
77 Gérard et Jean-François Dufour : *L'Espagne : un modèle pour l'Europe des régions ?*
78 Jean-Claude Grimal : *Drogue : l'autre mondialisation.*
79 Jocelyne Lenglet-Ajchenbaum et Yves Marc Ajchenbaum : *Les judaïsmes.*
80 Greil Marcus : *Lipstick Traces (Une histoire secrète du vingtième siècle).*

81 Pierre-Antoine Donnet et Anne Garrigue : *Le Japon : la fin d'une économie.*
82 Collectif : *Questions économiques et sociales.*
83 Maryvonne Roche : *L'année 2000 dans* Le Monde *(Les principaux événements en France et à l'étranger).*
84 Roger Cans : *La ruée vers l'eau.*
85 Paul Santelmann : *La formation professionnelle, nouveau droit de l'homme ?*
86 Raoul Vaneigem : *Pour une internationale du genre humain.*
87 Philippe Meirieu et Stéphanie Le Bars : *La machine-école.*
88 Habib Souaïdia : *La sale guerre.*
89 Ahmed Marzouki : *Tazmamart (Cellule 10).*
90 Gilles Kepel : *Jihad (Expansion et déclin de l'islamisme).*
91 Jean-Philippe Rivière : *Illettrisme, la France cachée.*
92 Ignacio Ramonet : *La tyrannie de la communication.*
93 Maryvonne Roche : *L'année 2001 dans* Le Monde *(Les principaux événements en France et à l'étranger).*
94 Olivier Marchand : *Plein emploi, l'improbable retour.*
95 Philippe Bernard : *Immigration : le défi mondial.*
96 Alain Duret : *Conquête spatiale : du rêve au marché.*
97 Albert Memmi : *Portrait du colonisé* précédé de *Portrait du colonisateur.*
98 Hugues Tertrais : *Asie du Sud-Est : enjeu régional ou enjeu mondial ?*
99 Ignacio Ramonet : *Propagandes silencieuses (Masses, télévision, cinéma).*
100 Olivier Godard, Claude Henry, Patrick Lagadec, Erwann Michel-Kerjan : *Traité des nouveaux risques.*
101 Bernard Dupaigne et Gilles Rossignol : *Le carrefour afghan.*
102 Maryvonne Roche : *L'année 2002 dans* Le Monde *(Les principaux événements en France et à l'étranger).*
103 Mare-Agnès Barrère-Maurisson : *Travail, famille : le nouveau contrat.*

104 Henri Pena-Ruiz : *Qu'est-ce que la laïcité ?*
105 Greil Marcus : *Mystery Train (Images de l'Amérique à travers le rock'n'roll).*
106 Emmanuelle Cholet-Przednowed : *Cannabis : le dossier.*
107 Emmanuel Todd : *Après l'empire (Essai sur la décomposition du système américain).*
108 Maryvonne Roche et Jean-Claude Grimal : *L'année 2003 dans* Le Monde *(Les principaux événements en France et à l'étranger).*
109 Francis Fukuyama : *La fin de l'homme. (Les conséquences de la révolution biotechnique).*
110 Edwy Plenel : *La découverte du monde.*
111 Jean-Marie Chevalier : *Les grandes batailles de l'énergie (Petit traité d'une économie violente).*
112 Sylvie Crossman et Jean-Pierre Barou : *Enquête sur les savoirs indigènes.*
113 Jean-Michel Djian : *Politique culturelle : la fin d'un mythe.*
114 Collectif : *L'année 2004 dans* Le Monde *(Les principaux événements en France et à l'étranger).*
115 Jean-Marie Pernot : *Syndicats : lendemains de crise ?*
116 Collectif : *L'année 2005 dans* Le Monde *(Les principaux événements en France et à l'étranger).*
117 Rémy Rieffel : *Que sont les médias ? (Pratiques, identités, influences).*
119 Jean Danet : *Justice pénale, le tournant.*
120 Mona Chollet : *La tyrannie de la réalité.*
121 Arnaud Parienty : *Protection sociale : le défi.*
122 Jean-Marie Brohm et Marc Perelman : *Le football, une peste émotionnelle (La barbarie des stades).*
123 Sous la direction de Jean-Louis Laville et Antonio David Cattani : *Dictionnaire de l'autre économie.*
124 Jacques-Pierre Gougeon : *Allemagne : une puissance en mutation.*
125 Dominique Schnapper : *Qu'est-ce que l'intégration ?*
126 Gilles Kepel : *Fitna (Guerre au cœur de l'islam).*
127 Collectif : *L'année 2006 dans* Le Monde *(Les principaux événements en France et à l'étranger).*

128 Olivier Bomsel : *Gratuit ! (Du déploiement de l'économie numérique).*
129 Céline Braconnier et Jean-Yves Dormagen : *La démocratie de l'abstention (Aux origines de la démobilisation électorale en milieu populaire).*
130 Olivier Languepin : *Cuba (La faillite d'une utopie)*, nouvelle édition mise à jour et augmentée.
131 Albert Memmi : *Portrait du décolonisé arabo-musulman et de quelques autres.*
132 Steven D. Levitt et Stephen J. Dubner : *Freakonomics.*
133 Jean-Pierre Le Goff : *La France morcelée.*
134 Collectif : *L'année 2007 dans* Le Monde (*Les principaux événements en France et à l'étranger*).
135 Gérard Chaliand : *Les guerres irrégulières* (*XXe-XXIe siècle. Guérillas et terrorismes*).
136 *La déclaration universelle des droits de l'homme* (Textes rassemblés par Mario Bettati, Olivier Duhamel et Laurent Greilsamer pour *Le Monde*).
137 Roger Persichino : *Les élections présidentielles aux États-Unis.*
138 Collectif : *L'année 2008 dans* Le Monde *(Les principaux événements en France et à l'étranger).*
139 René Backmann : *Un mur en Palestine.*
140 Pap Ndiaye : *La condition noire (Essai sur une minorité française).*
141 Dominique Schnapper : *La démocratie providentielle (Essai sur l'égalité contemporaine).*
142 Sébastien Clerc et Yves Michaud : *Face à la classe (Sur quelques manières d'enseigner).*
143 Jean de Maillard : *L'arnaque (La finance au-dessus des lois et des règles).*
144 Emmanuel Todd : *Après la démocratie.*
145 Albert Memmi : *L'homme dominé (Le Noir — Le Colonisé — Le Juif — Le prolétaire — La femme — Le domestique).*
146 Bernard Poulet : *La fin des journaux et l'avenir de l'information.*
147 André Lebeau : *L'enfermement planétaire.*
148 Steven D. Levitt et Stephen J. Dubner : *SuperFreakonomics.*

Composition Nord compo
Impression Novoprint
à Barcelone, le 7 février 2012
Dépôt légal: février 2012

ISBN 978-2-07-044570-7 / Imprimé en Espagne.

237520